VERLAG ANTJE
KUNSTMANN

Véronique Olmi

DIE PROMENADE

Roman

Aus dem Französischen
von Claudia Steinitz

Verlag Antje Kunstmann

Pascal Elso gewidmet

»Unsere Enkel werden diesen ganzen Unsinn mit den Visa nicht begreifen«, sagte Podtjagin und betrachtete ehrfürchtig seinen Pass. »Sie werden nie und nimmer begreifen, wie viel menschliche Ängste mit so einem simplen Stempelabdruck verbunden waren. Aber was glauben Sie?«, fügte er besorgt hinzu. »Ob die Franzosen mir jetzt wirklich ein Visum geben?«
NABOKOV, *Maschenka*
Deutsch von Klaus Birkenhauer

»Wenn du diese Zeilen lesen wirst, so kehre um und denke, dass du wieder dreizehn Jahre bist, dass du in Nizza weilst und dass das alles sich gegenwärtig zuträgt. Stell dir vor, dass das alles wieder lebendig werde, und du wirst verstehen!«
MARIE BASHKIRTSEFF, *Tagebuch*
Deutsch von Lothar Schmidt

An diesem Morgen hat sie von mir verlangt, den Finger ganz fest auf den Faden zu drücken, während sie den Knoten machte, damit die Hühnerschenkel eng zusammenblieben. Ich hatte Angst, meine Fingerkuppe würde abbrechen, so fest habe ich gedrückt. Es ist sehr schwierig, den Finger genau dann wegzunehmen, wenn sie den Knoten zuzieht; er darf nicht unter der Schnur stecken bleiben, aber man darf ihn auch nicht zu schnell wegnehmen, weil dann die toten Schenkel des toten Huhns sofort wieder auseinanderklaffen. Meine Großmutter konzentriert sich ganz fest auf die Fesselung des Huhns, und ich darf keinen Fehler machen: Es muss beim ersten Mal klappen, ich weiß nicht, warum. »Man kann eben nicht zu zweit in der Küche arbeiten«, schimpft sie, wenn sie spürt, dass ich zögere, und das ärgert mich sehr, ich tue, was ich kann, Ehrenwort.

Dann hat sie den Herd angezündet und das Huhn über die Flamme gehalten. Es hat gestunken. Auf der weichen weißen Haut bildeten sich kleine schwarze Körner, ich glaube, das nennt man Gänsehaut. Keine Ahnung, warum Hühner Gänsehaut haben. Meine Mutter benutzte das Wort, wenn sie im Kino gewesen war; ich weiß noch, dass sie im Kino immer Gänsehaut bekam.

Mir jagt es eher Schauer über die Haut, wenn ich meine Großmutter kochen sehe. Sie dreht das Gas im Backofen auf, und anstatt dann gleich das Streichholz anzuzünden, lässt sie sich Zeit. Das ist immer furchtbar spannend. Ich fühle mich für das ganze Haus verantwortlich, manchmal frage ich mich sogar, ob ich nicht mitschuldig bin an der Explosion, zu der es früher oder später mitten in Nizza kommen wird. Ich sage: »Zünde das Streichholz an!«, und weil sie taub ist und ich schreien muss, wird es noch beängstigender, ich brülle »Zünde jetzt das Streichholz an, Babuschka! Das Streichholz! Mach schon!!!«, und ich merke natürlich, dass sie sich über mich aufregt, sie zuckt die Schultern und lässt sich Zeit, das verdammte Streichholz zu reiben und es an das schwarze Loch zu halten, wo das Gas es mit einem lauten Rauschen einsaugt. Und dann hole ich tief Luft. Auch wenn es schrecklich nach Gas riecht, atme ich ein, ich bin erleichtert, der tragische Unfalltod der Nachbarn ist auf später verschoben.

Wir haben das Huhn mit ihren russischen Freundinnen gegessen, die Russisch sprechen; ich habe fast nichts verstanden. Ihr Stimmengewirr war ein Geräuschteppich, wie ein verrauschter Radiosender aus einem fernen Land. Ab und zu sagte meine Großmutter zu mir: »Zeig mal, dass du eine kleine Hausfrau bist, Sonjetschka.« Das sagt sie meistens nicht dann, wenn sie meine Hilfe braucht, sondern um ihre alten Freundinnen zu beeindrucken und ihnen zu zeigen, dass sie und ich ein Team sind. Da ich nicht will, dass sie sich blamiert, gehorche ich. Ich stehe auf und spiele die »kleine Hausfrau«, reiche die Platten mit dem netten Lächeln der netten Helferin herum, wie sie jede Großmutter gern an ihrer Seite hätte. Die anderen fragen mich: »Wie alt bist du jetzt?«, »In welche Klasse gehst du?«, »Wie groß bist du?« Ich antworte irgendwas, sie hören nicht hin. Einmal habe ich, während ich der alten Xenja Andrejewna den Borschtsch reichte, gesagt: »Zwölf Jahre und drei Meter sechzig«, und sie hat nicht mit der Wimper gezuckt. Entweder kennt sie die französischen Maßeinheiten nicht oder ihre Begeisterung für Borschtsch raubt ihr jedes Urteilsvermögen. Wie auch immer, diese Mahlzeiten sind langweilig und endlos; je mehr Freundinnen von Babuschka da sind, desto einsamer fühle ich mich.

Glücklicherweise sind sie nach dem Essen nicht mehr lange geblieben, das Verdauen strengt sie an, deswegen müssen sie sich hinlegen. Sie sind nach Hause gegangen, um sich hinzulegen. Nach Hause, in ihre kleinen, mit alten Tüchern und verzierten Eiern, mit nie benutzten Samowaren und Von-der-Revolution-verschonten-Ikonen vollgestopften Wohnungen. Die Jungfrau ist so ruhig, sie hatte nie Angst vor Stalin, sie steht darüber. Sie machen solch ein Theater um ihren Stalin und ihren Lenin, aber wenn ich die Heilige Jungfrau ansehe, so hübsch und so flach, dann sage ich mir, dass man nur ganz ruhig bleiben muss, um den Tyrannen zu entgehen, dass nicht alle gleichzeitig zum gleichen Bahnhof stürzen dürfen; aber ich weiß, dass ich mich irre, dass ich es nicht verstehen kann. »Das sind Schmerrzen, die man nurr auf Rrussisch versteht«, sagte meine Großmutter immer, wenn ich ihr Fragen stellte, und da ich immer noch nicht Russisch gelernt habe, frage ich jetzt nicht mehr. Ich sehe die Ikone der Jungfrau an und sage mir, dass man mit einer Mutter wie ihr, so hübsch und so flach, mit so feinen Fingern, die aussehen, als würden sie nichts berühren, Stalin nicht mal bemerkt, wenn er vorbeikommt. Oder höchstens zwei Sekunden lang. Höchstens wie das Rauschen eines Zuges, der vorbeisaust und dann verschwindet. Stalin ist immer voller Züge. Die Revolution meiner Großmutter ist eine Geschichte der Züge. Russland ist ein riesiges Land, durch das Züge fahren. Tolstoi reiste dritter Klasse, das verstehe ich. In der dritten Klasse kommt die Fantasie auf ihre Kosten, das sehe ich so wie Tolstoi. Abgesehen vom Geruch nach Erbrochenem und harten Eiern ist die dritte Klasse vollgestopft mit unglaublichen Leuten, denen unglaubliche Sachen passieren, die man so einfach wie möglich erzählen muss, damit sogar diejenigen, denen niemals was passiert, Lust haben, sie zu lesen. Während sie bequem in der ersten Klasse sitzen, die nach Reispuder und französischem Parfum riecht.

Als Babuschkas Freundinnen zum Verdauen in ihre Wohnungen gegangen waren, die nach Katzenpisse und alten Federbetten riechen, hat meine Großmutter, die sich noch nicht alt genug findet, um Mittagsschlaf zu halten, mit ihrer Patience angefangen und abschätzig verkündet:

»Wenn ich mirr überlege, dass sie am Nachmittag nach drrei Uhr umfallen, wundere ich mich nicht, dass die Rroten noch an der Macht sind!« Als ihr eine ihrer Freundinnen gestanden hatte, dass sie jeden Abend um halb acht einschlief, hat Babuschka mit den Schultern gezuckt und geseufzt: »Brreschnew wird sich freuen!« Manchmal überlege ich mir, wenn sie glaubt, dass Breschnew sie alle fürchtet und überwacht wie die Milch auf dem Herd, dann hofft sie wohl noch, dass sie zählt. Und warum sollte man sie entmutigen?

Als sie mit ihrer Patience angefangen hat, habe ich sie angeschaut. Sie sieht wirklich nicht so aus wie ihre Freundinnen. Sie trägt Lippenstift und hat einen Buckel, weil sie sehr groß ist und Mühe hat, sich aufrecht zu halten, ihre Freundinnen sind klein und gerade. Sie trägt eine Perlenkette, Strümpfe und Ringe; ihre Strümpfe haben oft Laufmaschen, aber sie sieht es nicht, ein Glück auch, denn wenn sie es sehen würde, würde sie sich alt finden und wäre enttäuscht. Bestimmte Kleinigkeiten im Leben machen sie sehr unglücklich. Wenn sie einen Fleck auf der Bluse hat, bekommt sie einen schrecklichen Schreck; sie sagt, dass ihr die Bluse egal ist, das ist Synthetik, aus den Galeries Lafayette, aber es ist mehr als ein Fleck, es ist ein sichtbares Zeichen des Alters. Zwei Dinge sind für sie ein sichtbares Zeichen des Alters: der Fleck und der Sturz. Auf der Straße zu stürzen ist ihr schlimmster Albtraum, das, was sie um jeden Preis zu verhindern sucht, indem sie sich an mir festklammert, meine Schulter tut schrecklich weh und ich habe Angst vor jedem Spaziergang, aber der tägliche Spaziergang gehört zum Sich-nicht-gehen-lassen-Programm, man entkommt ihm nur schwer. Also gehen wir jeden Tag unter Breschnews besorgtem Blick hinaus.

An diesem Abend hat sie Karten gespielt, bis es dunkel wurde, das war ein sehr schlechtes Zeichen, ein Zeichen, dass wir nicht bis zur Promenade des Anglais kommen würden, weil ihre russischen Freundinnen sie ordentlich geschafft hatten. Manchmal frage ich mich, ob sie sie nicht deshalb einlädt: um geschafft zu sein und sie alt und tattrig zu finden, die Karikatur eines ernsthaften Gegners der Sowjets. Mir war es natürlich recht, nicht rauszugehen, ich gehe nicht besonders gern mit ihr raus. Je fester sie sich an mich klammert, um den Sturz zu vermeiden, der den Anfang des Alters markiert, desto älter wirkt sie und desto mehr tut mir die Schulter weh, und ich schäme mich auch vor den Leuten, die uns ansehen und überholen. Ich habe noch nie jemanden getroffen, der so langsam geht wie sie, und ich kenne die Bürgersteige auswendig: die Fallen, denen man ausweichen muss, die Fußgängerüberwege, die zehn Kilometer lang sind, die schlecht geparkten Mopeds vor der Bar an der Rue Auber und den Sohn der Bäckerin in der Rue de la Buffa, der auf dem Bürgersteig Fahrrad fährt – dieser Bengel wird noch vor meiner Großmutter stürzen, das habe ich geschworen. Nichts ist erträglich an diesem Balg. Er heißt »Lionel«, ein Vorname, den man nur sabbernd aussprechen kann, ein Vorname mit Zahnspange, und er hat einen Topfschnitt. Die flachsblonden Haare hängen alle schön gleich lang von seinem Schädel und sind dem Türvorhang der Bäckerei lächerlich ähnlich. Man könnte meinen, dieser sabbernde Lionel sei aus dem gelben Mückenschutz gemacht. Wenn ich mit Babuschka an der Bäckerei vorbeikomme, kurvt er um uns herum und röhrt wie ein Polizist in sein Funkgerät: »Achtung, Sondertransport! Achtung! Achtung!« Aber so leicht werde ich ihn nicht groß werden lassen, eines Tages bringe ich ihn zum Sturz, und der gebogene Lenker seines Fahrrads bohrt sich in seinen Schädel, dann hat er uns genug geärgert.

Wenn es über Babuschkas Karten dunkel wird, nimmt man ihren Geruch wahr, ich weiß nicht, warum. Es riecht nach Schweiß und Pappe, es riecht nach ungelüftetem Haus, nach dem Holztisch mit dem Wachstuch drauf, es riecht auch nach meiner Großmutter, dem Puder auf ihren Wangen und dem Elnett-Haarlack. Ich habe mich gefragt, was ihre Freundinnen und sie sich wohl erzählt hatten, was hatte sie so aufgeregt, dass sie den täglichen Spaziergang vergaß? Sie hatten nicht lauter gesprochen als sonst, diese Schwerhörigen, die glauben, dass der Glanz des heiligen Russland in ihnen weiterlebt, und die mich mit ihren runzligen Fingern segnen, als würde ich ihr Einverständnis brauchen, um zu leben.

Als Babuschka das Licht eingeschaltet hat, hat sie mich ganz erstaunt angesehen, weil ich noch da war oder schon da oder überhaupt da. Sie hat die Augen hinter ihren dicken Gläsern zusammengekniffen, um besser zu sehen, sie begriff nicht gleich, aber als sie sich seufzend dreimal bekreuzigt hatte, war ihr eingefallen, dass Mama seit zehn Tagen weg war. Sie hat gesagt: »Was macht denn ein Kind in deinem Alter den ganzen Tag drrinnen, das ist ungesund«, und mich zum *Bon Lait* einkaufen geschickt. Ich wusste, dass es nur vorgeschoben war und dass wir die Reste essen würden, wie jedes Mal, wenn ihre Freundinnen zum Mittagessen kamen, und ich wusste auch, dass sie sich auf das Briefpapier stürzen würde, das ich hasse.

Sie hat mich einkaufen geschickt, weil ich sie störe, wenn sie an den Staatspräsidenten schreibt oder an den Präsidenten des Französischen Rundfunks oder an den Präsidenten von allem, was sie empört, und vor allem an die Präsidenten der Zeitungen, wovor ich am meisten Angst habe.

Ich bin rausgegangen. Sie war so von ihrem Brief besessen, dass sie vergessen hatte, mir den Zettel in die Tasche zu stecken. Wenn ich allein rausgehe, schreibt meine Großmutter, obwohl ich dreizehn bin, meinen Namen, meinen Vornamen und ihre Adresse auf einen Zettel, den sie mir in die Tasche steckt, und ich darf rausgehen, aber nicht lange, sie stoppt die Zeit, und ich kann mich noch so beeilen, wenn ich zurückkomme, macht sie mir eine Szene: Sie war verrückt vor Sorge, meistens ist mein Vater schon über meinen Tod informiert, er ist daran gewöhnt und rührt sich nicht mehr vom Fleck, die Polizei ruft sie nie an, die Polizei fürchtet sie mehr als alles andere. Wenn wir sie auf der Straße treffen, richtet sie sich lächelnd auf und verstummt auf der Stelle. »Die Polizisten mögen keinen Akzent, erst rrecht nicht meinen«, sagt sie dazu.

Ich dachte, wenn sie den Zettel mit meinem Namen vergessen hat, würde sie vielleicht auch vergessen, die Zeit zu stoppen, und ich war für einen Moment ruhig, ich konnte losgehen, ohne zu rennen, und Stalin vergessen. Also war ich entspannt, ich habe mir vorgestellt, ich wäre nicht mehr die Enkeltochter von Babuschka, sondern würde seit zehn Generationen in Nizza wohnen, und meine Mutter hätte ein Schmuckgeschäft unter den Arkaden der Place Masséna. Meine Familie wäre der Inbegriff der arbeitsamen katholischen französischen Familie, mit einem schlichten Namen wie »Dubois« oder »Petitjean«, meine Onkel wären Bäcker oder Trappistenmönche, und ich hieße »Camille« wie die kleinen Lieblinge der Comtesse de Ségur (und ganz bestimmt nicht »Sonjetschka«, ich habe immer das Gefühl, man stürzt, wenn man mich ruft, es ist nicht angenehm, ein Gespräch mit einem Sturz anzufangen).

Als ich entspannt und katholisch die Treppe runterging, traf ich Monsieur Tara, der im dritten Stock wohnt. Er ist dick und hat einen winzigen Hund, der fast nie auf dem Boden ist, sondern immer auf seinem Arm. Es ist eine Hündin, er nennt sie »Mimine«. Ich treffe Monsieur Tara nicht gern, sein Blick ist immer weit über mir, sehr hell, fast durchsichtig, und er lächelt nie. Er sagt mit leichtem Misstrauen in der Stimme »Guten Tag« oder »Guten Abend«, es ist einfach jedes Mal so, als würde er fragen: »Und? ... Was hast du heute wieder angestellt?« Er macht den Mund nicht auf, wenn er spricht, fast so, als würde er mit allem sparen, dem Blick, den Worten, seiner Hündin, die nie läuft. Mimine berührt den Bürgersteig nur, um ihr Geschäft zu machen, danach nimmt Monsieur Tara sie ganz schnell wieder auf den Arm, als wäre der Bürgersteig nicht gut genug für sie, als wäre es eine verdammte Erniedrigung, sich einfach so in den Rinnstein hocken zu müssen. An diesem Abend hielt er sich am Geländer fest, er sah ziemlich bescheuert aus, und plötzlich wirkte er noch dicker mit seiner gespannten Weste, den drei Knöpfen, die zu explodieren drohten, und seinem berühmten bordeauxroten Tuch um den Hals – meine Großmutter konzentriert ihre ganze Verachtung für ihn auf dieses bordeauxrote Tuch, wenn sie sagt: »Ich kann es dirr nicht erklären, aber das Tuch drrückt sein ganzes Wesen aus, hüte dich vorr ihm.«

Da er an diesem Abend müde aussah, nutzte ich die Gelegenheit und rannte die Treppe hinunter, um ihm zu zeigen, wie einfach das ist, wenn man jung ist. Ich dachte, er hätte nicht mal Zeit zu antworten, als ich ganz unbekümmert ein »Guten Abend, Monsieur Tara« hervorstieß, aber er sagte: »Ganz ruhig, junges Fräulein«, mit seiner eiskalten Stimme und seinen durchsichtigen Augen, das hat mich mächtig geärgert. Eigentlich ist er gar nicht so alt. Auf jeden Fall viel weniger alt als meine Großmutter. Es gibt unheimlich viele Alter im Altsein, das Altsein kann sehr lange gehen, es braucht seine Zeit, man weiß, wann es anfängt, man weiß nicht, wann es endet. Monsieur Tara ist Rentner, aber er ist den ganzen Tag unterwegs, er gibt Sprechunterricht, das ist komisch für einen Typ, der spricht wie ein Bauchredner, ohne den Mund zu bewegen.

Um diese Zeit war die Straße voller Menschen, die nach Hause gingen, der Abend brachte etwas Kühle, es roch nach frischer Luft wie auf dem Land. Die Leute hatten Brot gekauft, wer statt dessen Blumen gekauft hatte, ging nicht nach Hause.

Vor dem *Bon Lait* saß die Verkäuferin neben schwarzen Bananen, die niemand kaufte. Sie schien sich zu fragen, ob die Nacht wirklich kommen würde, sie sah nach rechts, nach links, kleine Kopfbewegungen zum Himmel, als wollte sie ihm sagen: »Na und? Was treibst du so?«, aber der Himmel antwortete nicht und wurde richtig dunkel, er hat sich stumm und ruhig ausgebreitet, das gefiel mir. Es gefällt mir, wenn es richtig dunkel ist. Es gefällt mir, wenn im *Bon Lait* das Licht angeht. Das Licht ist hässlich, die Regale sind grünlich, aber es gefällt mir, mich in diesem Kunstlicht zu spüren, in dem nichts mehr wichtig ist. Die Verkäuferin hat einen Sprachtick. Auch wenn man gar nicht mit ihr spricht, wiederholt sie ständig: »Ach ja ... O ja, Dame, ja, ja …« Babuschka sagt, das ist, weil sie vom Lande kommt, aus dem Hinterland von Nizza, eine Bäuerin vom Meer. Die Bäuerinnen vom Meer sagen »Dame«, sie wollen vornehm sein, aber es geht daneben, sie sind ungehobelt, die Sprache verrät immer die Herkunft. Mama hat meiner Großmutter im Restaurant immer verboten, selbst zu bestellen, sie tat es für sie und durchbohrte sie mit Blicken, damit sie keinen Mucks sagte. Manchmal machte meine Mutter einen Fehler bei der Bestellung, Babuschka aß, was sie nicht bestellt hatte, und sagte: »Ich hätte dich im Kolchos lassen sollen!«, und meine Mutter lachte, mehr spöttisch als fröhlich.

Im *Bon Lait* habe ich ein Glas mit lächerlichen Gürkchen gekauft, mickrige, wie tote Fische gewundene französische Gürkchen, die echten Malossol sind unbezahlbar, »der Händlerr am Boulevard Tzarrevitch spielt schamlos mit dem Heimweh seinerr Kunden«, sagt meine Großmutter, und in diesem Punkt ist sie sich mit ihren Freundinnen einig. Da ich mir vorstellte, ich sei die Tochter der Schmuckhändlerin unter den Arkaden der Place Masséna, habe ich mit größter Verachtung auf die Marienkäferringe herabgeschaut, die an den Saugern der Plastikfläschchen mit Liebesperlen hingen. Ich bin sicher, die Verkäuferin hat meine Verzweiflung gesehen, sie konnte ihr nicht entgehen, denn die Fläschchen stehen neben der Kasse. Ich sterbe buchstäblich vor Lust auf diese Ringe. Ich träume davon, mir einen davon auf den Finger zu schieben, er würde mir Welten voller unglaublicher Geschichten eröffnen. Aber das ist unmöglich. Babuschka findet sie vulgär, die Mädchen, die sie tragen, nennt sie *Babazoukes*, das ist für sie die schlimmste Beschimpfung. Ich möchte nicht an ihrer Stelle sein. *Babazouk* ist nicht nur der Name des alten, elenden Nizza, aus Babuschkas Mund klingt es auch nach Maschinengewehr, nach Erschießungskommando, und wenn sie es ausspricht, die schon einiges erlebt hat, jagt es einem kalte Schauer über den Rücken. Die Verkäuferin hat meinen Zehnfrancschein eingesteckt und dabei »O ja, Dame, ja, ja … ja ja ja« gemurmelt, und ich bin rausgegangen.

Ich habe den menschenleeren Jardin Alsace-Lorraine durchquert, bin die Rue Giuglia hochgegangen, mit den schweren Haustüren, die sich mit reicher, unfehlbarer, Faulheit schließen, und plötzlich war ich traurig.

Plötzlich hat mir meine Mutter gefehlt.

Ihr französischer Akzent. Ihre französische Küche. Ihr verträumtes Gesicht, wenn sie mich »Sonja« nennt. Mein Zimmer neben ihrem. Meine Bücher von Emily Brontë oder Daphne du Maurier, meine Langspielplatten von Michel Delpech, die Fotos von Michel Piccoli und Romy Schneider – ihre blauen Augen, sogar in Schwarz-Weiß.

Ich hatte einen mächtigen Hänger. Alles machte mich traurig. Die Hügel ringsum. Das Meer in der Dunkelheit. Die Lichter, die sich an der Corniche entlangwinden. Die Geschwister, die sich Geheimnisse anvertrauen. Die Fernseher, die angehen, und die Ansagerinnen, die lächeln, ihre langen Beinen von der Seite, alles, was einfach ist und was man teilen kann, ohne darüber ein Wort zu verlieren, weil es eben zum Alltag gehört und der Alltag eben kein Drama ist. Selbst ihre Lügen über Mamas Abwesenheit sind kein Drama. Es ist nicht das erste Mal und nicht das letzte, sie kommt immer zurück, man muss sie nur etwas ausschweifen lassen, das sagt sie so, und ich weiß, dass es stimmt.

Über das alles war ich traurig, aber vor allem wusste ich, was Babuschka gerade machte, ich wusste, was sich mal wieder zusammenbraute, und ich hätte eine Menge dafür gegeben, diese französischen Cornichons zu einer guten alten französischen Großmutter zu bringen.

SIE WAR NICHT MAL BESORGT. Sie hatte nicht den Telefonhörer abgenommen, um meinen Tod zu verkünden. Sie hatte nicht meinen Namen auf Russisch aus dem Fenster gebrüllt. Sie war nicht in Hausschuhen auf die Straße gerannt, um die Passanten zu fragen, ob sie nicht gesehen hätten, »wie ein kleines Mädchen von zwei Männern gekidnappt wurde, die aus einem Auto sprangen«, und nichts hatten tun können, aber vielleicht das Kennzeichen aufgeschrieben hatten usw. usw. Der übliche Zirkus.

Sie hatte den Tisch im Esszimmer besetzt, den Tisch, auf dem sie als Tote liegen würde, sie, »die letzte Überlebende der bolschewistischen Revolution, und wer wird nach mir Zeugnis ablegen?«. Sie hatte also auf dem Esstisch alle notwendigen Dokumente ausgebreitet, denn es war Zeit, dass die Gerechtigkeit ans Licht kam.

Ich habe gesagt, dass ich die Gurken in den Kühlschrank stelle und in mein Zimmer gehe, um zu lesen, aber sie hat gesagt, ich soll erst zu ihr kommen. Ich hatte keine Lust. Ich wusste, was mich erwartete. Ich hatte schon wieder das Prickeln im Bauch und in den Schenkeln, ich habe versucht, mir das Ganze aus sicherer Entfernung anzusehen, aber sie hat geschrien, ich soll näher kommen: »Was denn, Sonjetschka, wovorr hast du Angst?«

Ich bin zu ihr gegangen, hab so »erwachsen« geguckt, wie ich konnte, gepanzert, fast angewidert, als würde ich gelangweilt meinen Kaugummi kauen; auf jeden Fall habe ich versucht, so auszusehen, um so entspannt wie möglich zu wirken.

Ich hätte wetten können. Es war wieder diese verfluchte Nummer von *Historia*. Mit dem Foto. Dem, wo man alte Tapeten sieht, wie in Abrisshäusern, mit den Löchern in der Wand, den Flecken. Ich habe es angesehen. Die Streifen auf der schmutzigen Tapete. Zerfetzt. Zerrissen. Ich habe es zum tausendsten Mal angesehen und hatte zum tausendsten Mal dieselbe Angst und dieselben Fragen: Wie hatte man in einem so winzigen Zimmer elf Personen töten können? Wie waren die Romanows zusammengedrängt, aufgestapelt, zertrampelt worden? Wie waren sie umgestoßen, in Panik versetzt, gefoltert, verwundet worden? Getötet?

Ich hatte überhaupt nicht mehr die angewiderte Miene einer gelangweilten Kaugummikauerin. Ich war in Abwehrstellung, bereit, den ewigen Refrain zu hören, der mir jedes Mal Angst macht, vielleicht wiederholt Babuschka ihn gerade deshalb so oft: Ich bin ein gutes Publikum. Ihres Erfolgs gewiss, hat sie mich mit derselben Frische, als spielte sie die Szene zum ersten Mal, gefragt: »Na und? Siehst du diese Flecken und diese Löcher an der Zimmerwand? Und die ganzen Lügen in den Zeitungen? Der Chefredakteur von *Historia*, dieser arme Monsieur Melchior-Bonnet, vertraut die Nachforschungen lieber unfähigen französischen Journalisten an als einem kleinen Mädchen, das? Einem kleinen Mädchen, das? Sag's, Sonjetschka, sag's: einem kleinen Mädchen, das?«

Jetzt war ich dran, ich musste sofort ergänzen, mit tonloser Stimme stieß ich die erwartete Antwort hervor:

»Einem kleinen Mädchen, das so alt war wie Anastasia.«

Sie seufzte tief. Sie nahm die Lesebrille ab, sie ließ die Schultern sinken, und ihr Buckel trat hervor, als hätte sie ihn mit ihrem Atem, ihrer Müdigkeit und ihrer Empörung seit 1918 in sich zurückgehalten. Ihr Finger tippte mehrmals auf das Foto des kleinen Zimmers, in dem das Blutbad stattgefunden hatte, aber sie sagte nichts mehr. Sie hatte sich im Jahr 1901 verschanzt, dem Jahr, in dem sie beide geboren waren, Anastasia Romanow und sie. Sie hängt an diesem Jahr, als wären in ganz Russland nur zwei Kinder zur Welt gekommen: Ihre Hoheit und sie. Das war's. Manche reservieren einen Tisch im Restaurant, damit sie auch bestimmt erwartet werden und einen guten Platz bekommen, meine Großmutter hat den Beginn des 20. Jahrhunderts reserviert, und wir werden ganz sicher noch mehr von ihm hören.

Sie war weit weg, und diesmal, ohne mich einzubeziehen. Sie dachte sehr laut auf Russisch, und was konnte ich schon davon verstehen, ich, die niemals Hunger gehabt hatte, ich, der niemals kalt gewesen war, ich, die niemals Angst gehabt hatte? »Geh ins Bett! Geh ins Bett!«, hat sie gesagt, die Augen immer noch geschlossen. Ich hab mich nicht getraut, ihr zu sagen, dass wir noch nicht gegessen hatten, und bin auf Zehenspitzen rausgegangen, ich, die das Glück hatte, in einem Bett zu schlafen, zwischen sauberen Laken zu schlafen, ich, die bald ebenso alt sein würde wie Ihre Hoheit, die Großherzogin Anastasia Nikolajewna, am Tag des berühmten Blutbads.

Ich hatte Lust, noch die frische Abendluft zu schnuppern und die kleinen Lichter in den Häusern zu sehen, die einen immer glauben lassen, dass drinnen alles zum Besten steht. Es war ruhig. Die Leute waren in ihren kleinen Schachteln, den ordentlich übereinandergestapelten Wohnungen, niemand war mehr zu spät dran, eilig oder besorgt; die Nacht hatte sich über Nizza gelegt, die Grillen machten ihren Abendlärm, ein durchdringender, trauriger Gesang, und ich habe mich gefragt, wo die Turteltauben schliefen, können sie im Schlaf irgendwo herunterfallen, wie es mir manchmal passiert? Die Leute liefen hinter ihren Fenstern herum, ich sah, wie sie sich hinter den weißen Vorhängen bewegten, ich sah auch die Fernseher flimmern, und dann schloss sich ein Fensterladen nach dem anderen. Wurden die Jalousien heruntergelassen. Nizza ist voller blassgrüner Jalousien, und ich frage mich, wer mehr zu beneiden ist: die, die sich drinnen umarmen, oder die, die sich draußen treffen? All die geschlossenen Fensterläden, als wäre zu einer bestimmten Zeit alles vorbei: Man darf einander nicht mehr ansehen … Ich bin reingegangen und habe die Fensterläden zugeklappt.

Ich habe mich hingelegt und *Rebecca* aufgeschlagen, mein Lieblingsbuch, Mamas Preis in Französisch in der achten Klasse, das rote Buch, in das sie mit großer, runder Schönschrift und ohne einen einzigen Tintenklecks geschrieben hat: »Nizza, Frankreich, Europa, 21. Juni 1938: Olga Juriewna Lubowski, Klassenbeste«. Ich weiß nicht genau, was mir am meisten gefällt, der Preis für Mama, ihre Eintragung oder der erste Satz des Romans: »Gestern Nacht träumte ich, ich wäre wieder in Manderley«, aber dieser Satz ist mein Talisman, mein Fluchtweg geworden, und meine Träume beginnen immer mit diesen ersten magischen Worten über Manderley. Ich liebe die Geschichte, ich liebe den Stolz meiner Mutter, ich liebe sogar den Namen der Autorin: »Daphne du Maurier«, ein vornehmer Name, den man gern auf einer kleinen Visitenkarte auf einem Silbertablett lesen würde.

An diesem Abend war es schwierig, mit *Rebecca* zu entfliehen. Meine Großmutter hatte mir ihren Brief nicht vorgelesen, aber sie würde es tun, das wusste ich. Ich bin an diese Nächte gewöhnt, wo sie wie eine alte Eule mit ihren Blättern auftaucht, die in ihrer verkrümmten Hand zittern. Ich kann nichts anderes tun, als möglichst viele eigene Träume zu horten, ehe sie mit ihren Obsessionen hereingestürzt kommt; aber obwohl ich mehrmals wiederholt habe: »Gestern Nacht träumte ich, ich wäre wieder in Manderley«, kam an diesem Abend nichts heraus, mein Kopf war nicht frei. Anastasia Nikolajewna war zu uns zurückgekehrt. Ich lag im Bett, in dem Mama als Kind gelegen hatte, dem Bett, in dem sie sicher auch mit dem Gespenst von Anastasia eingeschlafen war, dem Geheimnis dieses jungen, wunderlichen Mädchens, das den Zar »Papa« nennt und ihn sterben sieht, wie auch ihre Mutter und ihren Bruder, ihre Schwestern, den Arzt und die Diener; es ist unglaublich, dieses Kind, das dem Massaker entgangen und genauso alt geworden ist wie meine Großmutter, dieses einstige Mädchen, das sich heute versteckt; vielleicht ist es die Nachbarin, eine Alte im Park, die Verkäuferin im *Bon Lait*, das kann man nicht wissen, denn es ist ein Rätsel, das größte Rätsel der Geschichte.

Manchmal spreche ich abends im Bett mit Anastasia. Ich spreche mit ihr, um weniger Angst vor ihr zu haben, mich an sie zu gewöhnen und ihre Fotos in *Historia* ansehen zu können, ohne dass mein Herz anschwillt und mir auf den Magen drückt. Ich spreche mit ihr, damit sie meiner Großmutter ein Zeichen schickt, dass sie aufhört, alle diese Briefe zu schreiben und abzuschicken, in denen von den Romanows und von Lenin die Rede ist und vom kleinen Bruder, der blutet, mein Gott, wie schrecklich! Ich bitte sie, auch mir ein Zeichen zu schicken, um mir zu bestätigen, dass ihr Bruder, der Zarewitsch, wirklich tot ist und ich ihn niemals erscheinen sehe mit seinen Wunden und der Nase, aus der das Blut läuft, seinem verkümmerten Gesicht, den blauen Lidern und Rasputin, der ihm hinterherrennt.

An diesem Abend habe ich lange auf die Wand meines Zimmers gestarrt, auf die langen Schatten der Fensterläden. Ich lag in dem Bett, in dem Mama als Kind gelegen hatte, und ich sah die gleichen Zeichnungen wie sie an der Wand, die gleichen Lichter, wenn Autos durch die Straße fahren und sich ihre Scheinwerfer in der Ikone der Jungfrau spiegeln. Ich bin aufgestanden, um sie zu küssen und zu bitten, sie möge Babuschka daran hindern, mit ihrem Brief zu kommen und ihren Beweisen, die ich auswendig kenne: »Der schützende Schmuck auf Anastasias Brust hat die Kugeln der Henker abprallen lassen.« Ich habe lange gefleht: »Bitte, heiligste Jungfrau Maria, mach, dass sie nicht mit ihrem Brief, ihrer Lesebrille und ihren Höflichkeitsfloskeln in schlechtem Französisch kommt, hindere sie daran.« Ich habe die Gebete in einer Endlosschleife aufgesagt, es war fast so, als würde ich mich im Kreis drehen, und ich wurde müde und bin auf Knien vor der Ikone mit ihrem Geruch nach Holz und Lack eingeschlafen.

Babuschka hat mich nicht im Bett gesehen, und schon hat sie wieder an eine Entführung geglaubt, ohne sich auch nur zu fragen, wie mein Entführer hätte hereinkommen können, wo doch alles zu war, die Türen, die Fenster, und wo niemand mehr auf der Straße war, nicht mal die Scheinwerferlichter an der Wand tanzten.

Ihr Gebrüll hat mich geweckt, ihre Verzweiflungsschreie, begleitet von slawischen Gebeten und dem Klopfen der Besen unserer Nachbarn gegen die gusseisernen Heizkörper.

Sie hat mich nicht im Bett gesehen, ich war neben der Ikone eingeschlafen, mir hat alles wehgetan, als ich aufgestanden bin. Sie rief gerade meinen Vater an, als ich zu ihr in den Flur kam, wo das Telefon steht, sie hatte kaum Zeit zu sagen: »Gehen Sie wieder schlafen, Joseph, die Kleine wurde mir zurrückgegeben.« Sie hat mich ärgerlich angesehen, als hätte ich ihr einen Streich gespielt, aber sie war auch erleichtert und hat nur gesagt: »Zum hunderrtsten Mal, Sonjetschka, wo sind deine Hausschuhe?« Ich bin ins Bett gerannt, ohne zu antworten.

Sie ist mir gefolgt.

Sie hat mir nicht ihren Brief vorgelesen.

Sie war zu erschöpft von der Aufregung über mein Kidnapping und das anschließende Wiedersehen.

Sie hat das kleine Nachtlicht aus rosa Porzellan angemacht, sie hat sich ans Fußende meines Betts gesetzt, sie hat mich gesegnet und gesagt: »Hältst du mich fürr eine alte Verrückte? Glaubst du, ich bin eine alte Verrückte?«

Wie konnte sie nur annehmen, ich würde es an Respekt fehlen lassen, wie konnte sie nur annehmen, ich würde »ja« antworten, wo sie mir doch mit einem Mal viel jünger vorkam und wo ich obendrein genauso an das Anastasia-Geheimnis glaube wie sie?

Sie hätte mir nicht jünger vorkommen dürfen. Sie hätte mir tausendmal älter vorkommen müssen, so ohne Schminke, ohne Schmuck, mit nackten Beinen und in ihrem Morgenrock mit den abgewetzten Ärmeln und dem losen Saum. Aber sie sah mich wirklich an, ohne an etwas anderes zu denken, und je länger ich ihr in die Augen sah, desto mehr vergaß ich ihr ganzes Alter drumherum. Ich habe mir überlegt, dass Babys mit blauen Augen zur Welt kommen und dass sie sich ihre Babyaugen bewahrt hatte. Ich habe mir überlegt, dass sich ihre Mutter, als sie geboren wurde, vielleicht gesagt hat: »Hoffentlich behält meine kleine Mascha, meine liebste Maschenka ihre blauen Augen, wenn sie älter wird.« Und dass sie jeden Tag ihr Baby ansah, um die Farbe zu prüfen, und was für eine Freude an dem Tag, als sie erkannte, dass das Blau nicht verschwinden würde, es war endgültig, in Leben und Tod, blaue Augen sind die Augen der Liebe.

Sie hat seufzend den Kopf gesenkt und ist wieder alt geworden. Ohne ihre Augen wird sie alt. Man sieht, dass nichts mehr richtig zusammenhält, alles ist schwer, gekrümmt, sicher ist es hart, groß zu sein, wenn man alt ist, so ein großes Skelett ist anstrengend, wenn man alt ist, sogar im Sitzen hat sie Mühe, sich aufrecht zu halten, ihr Kopf scheint Tonnen zu wiegen, ihr Hals kann schon lange nicht mehr.

Sie hat auf ihre Finger geschaut, ihre Hände haben sich sanft gestreichelt, als sorgte die eine sich um die andere, und ich habe mich gefragt, warum wir uns nie berühren, sie und ich – außer wenn sie meine Schulter zerquetscht, um nicht auf der Straße zu stürzen. Sie hat auf ihre Finger geschaut und zu ihnen gesagt: »Ich habe so viele gesehen … Sie verrschwanden. Man sah sie niemals wiederr. Man suchte sie, aber man sah sie niemals wiederr.«

Und sie ist verstummt. Ihre Finger bewegten sich nicht mehr, wie gelähmt von dieser Neuigkeit. Sie hat sie noch einen Moment angeschaut, noch einen kleinen Moment, dann hat sie die Hände geöffnet, die Innenflächen nach oben gedreht und auf ihre Knie geschlagen, um das Signal zum Aufbruch zu geben. Sie ist mit einem Ächzen aufgestanden, weil es ihr schwerfiel, und in ihr Zimmer geschlurft, sie hat ihre Hausschuhe nicht vergessen, die auf dem Parkett weich geklappert haben.

Ich habe das rosa Nachtlicht nicht gleich ausgemacht.

Ganz langsam begriff ich, was geschehen war.

Babuschka sprach nicht mit ihren Fingern, man muss logisch denken: Die russischen Finger meiner russischen Großmutter verstehen Russisch. Aber meine Großmutter hatte Französisch gesprochen. Meine Großmutter hatte mit *mir* gesprochen. Direkt. Ein schreckliches, schmerzhaftes Geständnis, das ich nicht richtig verstand, aber schrecklich und schmerzhaft war es trotzdem.

Was erwartete sie von mir?

Als ich am nächsten Tag aufgewacht bin, war ich eine ganz andere. Ich fragte mich, ob sie weiter auf Französisch zu mir von der Revolution sprechen würde. Ich wollte es und wollte es nicht, das war eine komische Mischung. Als ich die Augen aufmachte, sah ich, dass die Fensterläden Sonnenstrahlen hereinließen, ich spürte die ganze Hitze hinter der Scheibe. Morgens ist Nizza zu klein für die Sonne. Das Licht breitet sich überall aus, es kommt vom Himmel herunter und legt sich auf die Dächer, die Straßen, das Meer, die Hügel, es streckt seine Tentakeln aus wie eine kochend heiße Krake, und dann zieht es sich zusammen, verdichtet sich, unmöglich, ihm zu entgehen, und den ganzen Tag werden die Leute über nichts anderes reden. Die Sonne auf der Stadt machte keine große Lust, von Stalin zu sprechen, aber anstatt zu versuchen, es wie die anderen zu machen, zu sagen: »Sag mal, hast du die Sonne gesehen, gehen wir an den Strand, vergiss die Creme nicht«, alle die Sätze, die man sagt, als wäre man ein Stammgast des Lebens, ist Babuschka immer neben der Spur oder vielmehr dahinter. Sie ist zu groß, mit zu vielen Erinnerungen, um im gleichen Rhythmus wie die anderen zu gehen und zu sagen: »Sag mal, hast du die Sonne gesehen, gehen wir an den Strand.« Ich weiß nicht, ob sie je gemerkt hat, was für Wetter ist, sie ist sehr stolz, muss man sagen, sie will von nichts und niemandem abhängig sein, vom Wetter lässt sie sich bestimmt nicht ihren Tagesablauf diktieren. Der Vorteil ist, dass sie sich nie beklagt, ich habe sie noch nie sagen gehört, dass es zu warm ist oder zu kalt, Dehydrierung oder Grippe sind was für alte Leute, sie fühlt sich nicht angesprochen. Das ist wie mit den Parks. Sie hat sich immer geweigert, sich auf eine Bank im Park zu setzen. Auf eine Bank am Meer, das geht. In einem Park ist es eine Schande. Sie sagt, das ist was für Alte. Manchmal würde ich gern eine Pause auf der kleinen Place Mozart machen, wenn wir vom Markt kommen, oder im Jardin Albert-Ier, wenn wir vom Meer kommen und meine eine Schulter tiefer hängt als die andere, aber ich versuche es nicht mal. Ich sehe zwar den Zusammenhang nicht, aber jedes Mal, wenn wir einen Alten auf einer Bank sitzen sehen, sagt sie: »Ich werde aufrecht sterben!«, auch wenn der Mann wirklich nicht nach sterben aussieht, sondern eher so, als würde er ein bisschen Luft holen und dabei den Spatzen zusehen, die sich von den Tauben an der Nase rumführen lassen.

Ich habe nicht lange im Bett rumgelegen. Ich hörte die Marianitöchter auf dem Hof Himmel und Hölle spielen, sie schrien: »Himmel!«, »Lügnerin, verdammte Schummlerin!«, »Himmel, sage ich dir!«, und dann wurde es schlimmer: »Mistkuh!«, »Alte Hexe!«; dann hat sich ihre Mutter eingemischt, sie war noch vulgärer, fast so, als würde sie ihnen, anstatt sie zur Räson zu bringen, andere, neue, durchschlagendere Beschimpfungen beibringen wollen. Sie schrie: »Corinne, du gehst mir auf die Ketten! Es reicht, Cricri, hör auf, hier die Nutte zu machen!«, solche Sachen, und ich habe mir überlegt, dass die Sprache wirklich die Herkunft verrät, es ist sicher nicht sehr angenehm, mit Madame Mariani im Restaurant zu sitzen.

An diesem Morgen habe ich nicht lange im Bett rumgelegen, zum einen, weil es verboten ist, zum anderen, weil ich Großmutter in der Wohnung herumstöbern hörte und mich fragte, was da im Gange war. Im Bett rumliegen ist wegen der Faulheit verboten, die das Hirn aufweicht und böse Gedanken anlockt. Im Bett lesen ist zum Beispiel sehr gefährlich: »Der Geist schweift ab, der Körper wird lüstern«, das ist die Ansicht meiner Großmutter, manchmal möchte ich ihr gern sagen, sie soll die Waffen niederlegen, aber ich glaube nicht, dass sie es verstehen würde.

Ich bin aufgestanden. Draußen zog kein Frieden ein, die Marianischwestern warfen sich die Steine ihres Spiels ins Gesicht, Corinne hat geschrien, sie sei verstümmelt, daraufhin hat ihre Mutter, um sie zu trösten, gebrüllt: »Wenn ihr euch verletzt, bring ich euch beide um, ihr Rotzgören!«, und dann haben sie das wohl *en famille* und hinter geschlossenen Türen geklärt, denn ich habe sie nicht mehr gehört. Ab und zu rief eine Turteltaube eine andere, das war hübsch und ich habe mich gefragt, ob sie etwas Schatten gefunden hatten.

Ich bin aufgestanden und habe mich »frisch gemacht«, wie meine Großmutter sagt. Ich mag es nicht, wie sie mit ihrem verbeulten R »frrisch« sagt, und ich hasse den Waschhandschuh.

Morgens würde ich gern baden. Oder duschen. Oder ans Meer gehen. Ich würde gern mit Wasser anfangen. Ob kalt oder warm, ist mir egal. Ich würde gern damit anfangen, dass ich die Nacht, meine Gebete, ihre, die Scheinwerfer der Autos und die Besen der Nachbarn an den Heizkörpern abspüle. Alles, was in der Nacht geschieht, würde ertrinken. Ich würde die Ängste meiner Großmutter im Abfluss der Badewanne verschwinden sehen, sie würden in einem Gurgeln untergehen, und dann würde sie die Zeit vergessen, als sie alle suchte, die sie liebte und die in den Autos verschwanden. Aber morgens darf ich mich nur mit der Seife frisch machen, die nach Restauranttoiletten stinkt, und mich vor allem nicht von Kopf bis Fuß waschen, »narzistisch werden«, wie sie es nennt, und meine Haut abnutzen, so viel Wasser ist schädlich: »Es ist schädlich, sich zu oft zu waschen, Sonjetschka, sieh mich an: ein Bad alle vierzehn Tage, und ich bin immer noch da.«

Ich weiß nicht, ob sie es wirklich denkt oder ob sie sparen will oder, wie Mama sagt, »die alte Emigrantin« spielen, sich an die Zeiten erinnern, als die Probleme anfingen, um niemals an die Kindheit im Palast an der gefrorenen Newa zu denken, wo das Badewasser duftete und die Zofe ihr den Rücken mit einem Tuch abrieb, in das ihre Initialen gestickt waren.

Ich bin zu ihr ins Wohnzimmer gegangen, das nach Milchkaffee roch, vom Geruch nach Milchkaffee wird mir schlecht – die Milch mag das übrigens auch nicht, sie wird sauer, sie bildet Klümpchen, sie löst sich nicht auf, Kaffee ist nicht ihre natürliche Umgebung. Meine Großmutter nimmt immer vier Stück Zucker, Mama sagt dazu »das ist der Gipfel, da kann man sich auch gleich eine Insulinspritze verpassen«. Glücklicherweise hatte sie an diesem Morgen Brot getoastet, das rettete alles, der Duft von getoastetem Brot macht Lust, das Fenster aufzureißen, etwas frische Luft hereinzulassen wie einen Gruß von draußen, aber in Nizza darf man weder Fenster noch Fensterläden öffnen, sonst saugt die Sonne in zwei Sekunden den ganzen Sauerstoff aus der Wohnung, und der Tag ist verdorben. Trotzdem war der Geruch nach getoastetem Brot sehr einladend und machte Lust zu lächeln, sich die Hände zu reiben und zu fragen: »Na, was machen wir heute?«, nur dass ich es bestimmt nicht fragen würde. Ich wusste es schon.

Da war es, gut sichtbar.

Die beiden Umschläge, der Brief und die Lesebrille.

»Diesmal«, hat sie verkündet, während sie Milchkaffee in meine Schale goss, »diesmal habe ich beschlossen, lyrisch zu sein!« Ich habe auf meine Schale gestarrt und gebetet, dass sie mich nicht als »bevorzugte Zuhörerin«, wie sie sagt, erwählt, die große russische Erzähltradition und Pasternak, der drei Tage und drei Nächte hintereinander *Doktor Schiwago* vorlas, alle diese Genies, diese Dichter, diese Märtyrer, ihr Volk usw. Es hat nur einen Vorteil. Ohne dass ich in der Schule jemals irgendwas gelernt oder verstanden habe, sind mein Kopf und meine Fantasie mit einer unvorstellbaren Zahl von Nobelpreisträgern, unsterblichen Helden und wichtigen Autoren vollgestopft, ich kenne sie besser als die Mädchen aus meiner Klasse oder Babuschkas Nachbarn, obwohl ich denen jeden Tag begegne.

Der Milchkaffee war kalt, sie war so aufgeregt, dass sie etwas auf das Wachstuch und auf das getoastete Brot verschüttete, das ihn aufgesogen und sich sofort in einen kleinen braunen Putzlappen verwandelt hat. Ich habe meine Großmutter angesehen und gesagt: »So wird er es verstehen.« Ich meinte den Chefredakteur von *Historia*, der zwar schon mehr als fünfzehn Briefe von ihr erhalten, aber noch nie geantwortet hatte, obwohl sie ihm vorsorglich immer einen frankierten Umschlag mit ihrer Adresse mitschickt, um ihm die Arbeit zu erleichtern und die Dringlichkeit dieses Falls zu unterstreichen. Man könnte sich wirklich fragen, ob es bei dieser Zeitschrift überhaupt eine Leserbriefabteilung gibt. Wenn man an *Nice Matin*, *Journal de Spirou* oder *Salut les Copains* schreibt, antworten sie. Wenn du den frankierten Rückumschlag vergisst, kein Problem: Sie antworten dir direkt in der Zeitung, wie einem alten Bekannten, sie reden dich als »Liebe Frau x« oder »Hallo, treuer *Spirou*-Leser« an, damit du dich wohlfühlst. Du fragst nach der Adresse eines Sängers, dem Datum des Flohmarkts oder dem Alter des Zeichners von *Natascha*, kein Problem für sie, sie geben es dir schwarz auf weiß.

Babuschka hat die Brille aufgesetzt. Ihre blauen Augen sind klein geworden. Das Blatt bewegte sich von selbst in ihrer Hand, wie in einem leichten Wind, deshalb hat sie es auf den Tisch gelegt und mehrmals gestreichelt, um es zu beruhigen, und wie immer hat sie, bevor sie anfing, misstrauisch gefragt: »Willst du WIRRKLICH, dass ich ihn dir vorrlese?« Ich habe ein winziges bisschen gelächelt, das hat gereicht, mehr verlangt sie nicht, um über mein Drängen zu seufzen, sich zu räuspern und loszulegen. Wenn sie loslegt, ist sie nicht mehr dieselbe. Oft vergewissere ich mich, dass wirklich niemand weiter in der Wohnung ist, es ist albern, ich weiß, aber je mehr sie sich mitreißen lässt, desto öfter werfe ich verlegene Blicke in alle Richtungen. Ich frage mich, ob Pasternaks bevorzugte Zuhörer auch dieses Gefühl von Beklemmung und Entsetzen kannten, ob sich Pasternak auch so mit einem Schlag verwandelte, das würde mich nicht wundern, ich finde sowieso, dass er auf den Fotos aussieht wie ein Pferd, das gleich durchgeht. Und genau das passiert mit Babuschka. Ihre Augen sind kleiner als die von Pasternak, aber sie geht durch. Sie wirft sich in ihre eigenen Worte, ihr Arm und ihre Hand bewegen sich ganz von selbst, sie wird immer lauter, sie spuckt, ihr Akzent knarrt, ich verstehe nicht mehr, was sie liest, die Wörter verschmelzen miteinander, sie atmet nicht mehr, sie erstickt beinah. Ich frage mich, warum sie Angst vor den französischen Polizisten hat, wenn ich ein französischer Polizist wäre, würde ich sie nie nach ihrem Ausweis fragen, ich würde nicht wissen wollen, woher diese Frau kommt, dieses rasende Pferd, das sich irgendwann die Beine an einer Sperre oder einer Parkbank brechen wird, und wer hat dann den Mut, ihr den Gnadenschuss zu geben?

Und dann hört sie auf. Kurz bevor sie erstickt ist, hört sie auf. Es ist zu Ende, sie hat alles gelesen, ihren ganzen Brief, mit Grußformel in so schlechtem Französisch, dass sie meiner Meinung nach nicht mehr zu unterschreiben braucht, damit der Chefredakteur von *Historia* weiß, wer sie ist.

Ich wollte brüllen, zum Meer rennen, angezogen in das Rauschen der Wellen auf den Steinen und das Geschrei der Möwen eintauchen, denen alles egal ist. Ich biss mir auf die Lippen, um nicht zu weinen, nicht die Angst herauszulassen, die sie mir gemacht hatte. Ich wollte wieder Camille Dubois sein, die Tochter der Schmuckhändlerin unter den Arkaden an der Place Masséna. Ich wollte einen Marienkäferring haben, eine *Babazouke* sein, katholisch sein, einen Trappistenmönch zum Onkel haben. Ich wollte, dass es an der Tür klopft und eine alte Anastasia hereinkommt, die ihr ihre Ammenmärchen und ihre Wahrheit erzählt, und dass endlich Schluss ist. Ich würde nach Manderley zurückkehren, dort habe ich ein Bett mit Baldachin, in dem ich mir lässig Nagellack auftrage, während ich Dalida *Bambino* singe höre.

Weil ich nicht zum Meer rennen konnte, weil ich nicht Camille Dubois heiße und keine Hoheit an die Tür geklopft hat, habe ich in meinen Milchkaffee geweint. Ich weinte nicht aus Kummer, ich weinte eher vor Müdigkeit. Ich konnte nichts tun, um es zu verhindern, und es hätte noch lange dauern können, hätte mich Babuschka, nachdem sie ihre Lesebrille abgenommen hatte, nicht mit geneigtem Kopf und schmerzverzerrtem Gesicht angesehen und geseufzt: »Du hättest die Rrevolution niemals überrlebt.« Und dann ist sie rausgegangen, sie ist geflohen, damit ich sie nicht mit meiner krankhaften Schwäche anstecke.

Das war offenbar eine gute Methode. Ich habe aufgehört zu weinen. Ich bin mich noch mal frisch machen gegangen, aber diesmal ohne Seife, nur mit kaltem Wasser, ganz kaltem Wasser auf meinem geschwollenen Gesicht; manche trocknen ihre Tränen, ich mache sie nass, meine Tränen lösen sich gut im Wasser auf.

Auf einmal war ich müde. Mein Kopf war schwer, ich hatte dicke Beine, und meine Nase war verstopft, ich atmete durch den Mund, dabei sehe ich immer dämlich aus, ich weiß. Draußen gurrten noch die Turteltauben, man hörte sogar ihre Flügel, wie das Rascheln von Stoff. Und dann ist trotz der brennenden Sonne irgendwo ein Fenster aufgegangen und die Tauben sind weggeflogen. Durch das offene Fenster hörte man *Champs-Élysées* von Joe Dassin auf Radio Monte Carlo, ein Baby schrie, und eine Frau sagte mehrmals hintereinander: »Christine, kümmere dich doch um den Kleinen!« Das Baby schrie weiter, anscheinend scherte sich Christine einen Dreck darum.

Ich habe mich auf mein Bett gesetzt und geträllert: »On a chanté, on a dansé, et on n'a même pas pensé à s'embrasser! Aux Champs-Élysées …« Ich wollte die Anastasia-Geschichte auslöschen, ich wollte sie aus Nizza, aus Frankreich verdrängen … »Aux Champs-Élysées! Au soleil, sous la pluie …« Diesmal war es unmöglich, dass der Chefredakteur von *Historia* widerstand; Babuschka war sehr weit gegangen in der lyrischen Rekonstruktion jener Nacht des Massakers. Ich zumindest wurde mit meiner Leidenschaft für Anfänge gut bedient. Sie hatte ihren Brief so begonnen: »Hochverehrter werter Herr Melchior-Bonnet, stellen Sie sich den fauligen Atem des bolschewistischen Gardisten vor, der der jungen Hoheit ins Ohr flüstert: ›Heute Abend bringen wir euch in das Haus zur besonderen Verwendung.‹« Dieses Haus heißt wirklich »das Haus zur besonderen Verwendung«, dieses Haus erfüllt mich mit Entsetzen. Das Bajonett, die Salven ins Herz, die Kugeln in den Kopf, die entkleideten, zerstückelten, zerrissenen Körper, das Benzin, das Feuer, der Glanz der roten Diamanten, o mein Gott! Fünfundzwanzig Personen in dem Zimmer mit der gestreiften Tapete, aber nicht sie, nicht Anastasia, die wunderbar Errettete.

Das Lied von Joe Dassin hat im Regen von Paris geendet, und Jean-Pierre Foucault hat das Mikro genommen, eine Liliane, die nicht mehr sehr jung klang, hat ihn um ein Foto mit Autogramm gebeten, er hat gesagt: »Aber natürlich, Liliane!«, und sie haben Werbung für Golden Delicius gemacht, dann wurde das Fenster zugeknallt, und das Radio ist im selben Moment verstummt. Das Baby weinte nicht mehr. Die Turteltauben blieben stumm.

Ich war allein mit Anastasia.

Mit ihrer massakrierten Jugend, mit ihrem burschikosen Charakter, ihren Träumen, ihren Grimassen, ihren Zaubertricks, dem Leben, das in derselben Geschwindigkeit vergeht wie das meiner Großmutter, dieselben Geburtstage, dieselben Falten, dieselben Schmerzen. O ja! Ich wünsche mir, dass Breschnews Polizei Anastasia verfolgt und sie endlich schnappt. Dass ein Zug sie wegbringt. Dass eine Krankheit sie niederwirft. Dass sie sich auf eine Bank setzt und stirbt!

Dass das Mysterium vorbei ist. Dass es hell wird in der Wohnung, dass das Licht die Gespenster vertreibt, dass alle Radios Lieder von Joe Dassin brüllen und dass sich die Leichen in Luft auflösen.

Ich wünsche mir, dass es hell wird und wir noch leben.

Da habe ich Babuschkas lange Beine auf der Türschwelle gesehen. Sie hatte die Hauslatschen ausgezogen, sie hatte ihre braunen Schuhe mit Keilabsätzen und ihre Strümpfe angezogen, trotz der Hitze. »Es ist Zeit fürr den Einkauf«, hat sie mit leichtem Erstaunen gesagt. Ich habe sie angesehen, und sie wirkte so unschuldig, so weit weg von der Tragödie und dem Kampf für die Gerechtigkeit, dass ich mich fragte, ob ich diesen sechzehnten Brief womöglich erfunden hatte. Als ich aber aufstand und ihren Korb nahm, sah ich den Umschlag darin liegen. Gut, dachte ich, wieder der verdammte Umweg zur Post, und dann habe ich gelächelt, weil ich ganz froh war nachzusehen, wie die Stadt an diesem Morgen aussah.

NIEMAND HATTE AUF UNS GEWARTET, um den Tag zu beginnen, sie hatten sich alle schon lange drangemacht, die meisten waren schon eilig und geschäftig, die Bürgersteige rochen nach Chlor. Die Concierge, Madame Claudine, putzte wütend die Scheiben der Haustür, Madame Claudine hasst ihren Beruf und alle, die sie bei seiner Ausübung sehen, mit anderen Worten uns, alle Hausbewohner. Sie sieht uns immer wütend an, als wollte sie sagen: »Verdammte Mistbande, wegen euch mache ich diesen dreckigen Job.« Das ist unangenehm. Mir ist es immer unangenehm, sie zu treffen. Sie sieht langsam an mir herunter und verzieht das Gesicht, und wenn sie mich mit hochgezogener Oberlippe und geblähten Nasenflügeln fragt: »Wie geht's?«, sehe ich, dass sie mich ziemlich unverschämt findet, weil es mir gutgeht, während sie sich die Gesundheit damit ruiniert, das Haus zu scheuern. Manchmal zwinge ich mich zu husten, wenn ich an ihr vorbeigehe, um ihr zu zeigen, dass nicht alles so rosig ist, aber sie sieht nicht aus, als würde sie mir das abnehmen. Wenn sie gerade wischt, ist es noch schlimmer. Ich gehe ganz vorsichtig an der Seite und auf Zehenspitzen, aber sie durchbohrt mich mit ihrem Blick, der Hass steigt in ihr auf, Babuschka sagt immer: »Bei so einer Concierge sollte man besserr nicht Jude sein.«

An diesem Morgen ergoss sich das Licht über das Glas der Haustür, und man sah die Spuren, die der Lappen von Madame Claudine hinterließ, die schimpft, wenn es schön ist und auch wenn es regnet. Obwohl meine Großmutter bei ihr immer etwas auf der Hut ist, liebt sie es, die Concierge zu treffen. Sie behandelt sie so, als sei sie die letzte Angestellte, die ihr die Sowjets gnädig gelassen haben. Sie betrachtet sie als ihren letzten Schatz, ihre kleine Perle, und sie richtet sich immer auf, wenn sie sie grüßt, plötzlich bekommt sie sogar besser Luft.

»Na, meine liebe Madame Claudine, was haben wirr heute zu berrichten?«

Als würde sie von ihr die Depeschen des Tages oder die Gästeliste für den nächsten Ball erwarten. Aber ihr verdammter russischer Akzent macht alle Anstrengungen zunichte, und ich glaube nicht, dass ihr die Verachtung der Concierge entgeht, wenn sie antwortet:

»Die Mülleimer wurden wieder mal nicht sauber runtergetragen, wo sind wir denn hier? Na? Vielleicht in der Altstadt? Wo?«

Dann lächelt Babuschka, aber sie zieht ein bisschen die Schultern ein und geht, so schnell sie kann, das heißt, nicht sehr schnell, davon. Ich denke, dass mir die Concierge jedes Mal, wenn sie mich trifft, die Füße küssen müsste, und wenn sie sich weiter darüber beschwert, wie ich die Mülleimer runtertrage, werde ich beim nächsten Mal, wenn es

Huhn gibt, meine Großmutter nicht anschreien, sie soll endlich das Streichholz ans Gas im Backofen halten. Wir werden ja sehen, ob wir in der Altstadt sind, wo man Dialekt spricht, oder im Musikerviertel, halb vornehm, halb russisch, wo man die Mülleimer auswäscht, bevor man sie runterträgt.

An diesem Morgen hat die Sonne die Stadt bis in den letzten Winkel mit Beschlag belegt; bestimmt glänzte das Meer schon, und man konnte es nicht ansehen, ohne die Augen zusammenzukneifen und die Hand vor die Stirn zu legen. Es war ein schöner Tag. Ich weiß nicht, ob die Leute wissen, dass sie der Tragödie entgangen sind, ob sie spüren, dass sie haargenau richtig aufgestanden sind, am richtigen Tag und am richtigen Ort. Wenn an diesem Morgen irgendwer in ein Megafon gebrüllt hätte: »1942!« oder, schlimmer noch: »Stalingrad 1942!«, dann hätte es anders ausgesehen, der Markt wäre im Handumdrehen geplündert gewesen, und das Meer hätte sich rot gefärbt. Mein Großvater machte manchmal die Männer am Megafon nach, er war Statist in den Victorine-Filmstudios gewesen, das gefiel Babuschka nicht, aber es wurde gut bezahlt. Nach ein paar Jahren hatte er damit aufgehört, um seiner Frau eine Freude zu machen, und im Büro bei der Lebensversicherungsgesellschaft La Mondiale angefangen. Er ist an nervöser Erschöpfung und unverstanden gestorben, das schreit Mama immer, wenn sie mit meiner Großmutter streitet, also jedes Mal, wenn sie sich treffen. Mein Großvater hatte Arletty, Maria Casarès und Simone Signoret gesehen und sie später in sein Büro mitgenommen, das mit Schreibmaschine, Rechenmaschine, Karbonpapier und Büroklammern vollgestopft war, aber sie konnten nichts für ihn tun. La Mondiale beherbergte drei Weltstars, aber er war trotzdem an Langeweile und Nostalgie gestorben. Mein Großvater hat seine Zeit in der Menge verbracht. Zuerst in den Regimentern von 1914, dann in der antibolschewistischen Freiwilligenarmee, als Nächstes in der Menge der Emigranten, die in Züge und riesige Schiffe stiegen, und schließlich in der Menge der Statisten, die nach den Befehlen aus dem Megafon Boulevards füllten, Straßen überquerten und lächelnd um die Stars herumtanzten.

An diesem Morgen gehörte ich auch zur Menge, jedenfalls stellte ich es mir vor. Manchmal verwandle ich mich in eine Chagall-Zeichnung; ich komme direkt aus dem Museum in Cimiez und fliege über die Stadt, ich sehe, dass um uns herum Menschen sind, eine Menge Menschen leben zur gleichen Zeit wie Babuschka und ich, und ich sehe uns, zwei Stunden, um zum Markt ganz am Ende der Rue Rossini zu kommen, inmitten all der Passanten, die wir bremsen, die nicht wissen, dass die große Dame, die sie behindert, Mascha Sergejewna ist, eine vornehme Dame aus Petersburg, die an Pompidou, an Giscard d'Estaing und an den Chefredakteur von *Historia* schreibt und an der sie mit einem verächtlichen Pfeifen wie gekränkte Ritter vorbeiziehen. Dann versetze ich uns beide in eine schalldichte Blase, in die ihre verletzenden Bemerkungen nicht eindringen können, ich muss es irgendwie bis zu diesem verdammten Markt am Ende der Rue Rossini schaffen, wo ich jedes Mal das Kleingeld kontrollieren muss, das sie zurückbekommt, weil sie sich alle naselang betrügen lässt. Die Händler versuchen, sie übers Ohr zu hauen, sie denken, dass sie nichts sieht, sie haben nicht Unrecht; aber ich zähle die Münzen in ihrer Hand, und alle naselang sage ich ihr, dass einiges fehlt. Die anderen tun überrascht, ich hasse diese Fisch- und Kartoffelhändler, die sie wie irgendeine senile Alte behandeln. Das Schlimmste ist, dass sie ihnen glaubt, sie glaubt ihren Entschuldigungen, fast würde sie ihnen noch danken, fast schämt sie sich dafür. Meine einzige Rache besteht in der Gewissheit, dass diese Händler, wenn Babuschka schon bei den Sternen ist, so alt sein werden wie sie, und wie sie werden sie von Bauern und Fischern betrogen werden, aber dann bin ich nicht da, um sie zu verteidigen. Ich werde weit weg sein vom Markt in der Rue Rossini, der mit meiner Großmutter verschwinden wird, nie mehr werde ich mich in diese Ecke verirren, das steht fest. Ich komme niemals zurück. Ich gehe nach Paris, wo die Emigranten nicht nur Russen sind, sondern auch Chinesen, Portugiesen, Araber, Spanier, wo die Bretonen ihr Viertel haben und die Intellektuellen auch, und niemand ist ein waschechter Pariser, alle sind von woanders und vermischen sich in den Metrotunneln, man weiß nicht, wohin die Leute gehen, Bahnhöfe, Flugplätze und

Taxis sind mit der ganzen Welt verbunden, nicht wie hier, wo sommers wie winters alle an den Strand gehen und baden, sommers wie winters muss man jung und fit sein, nicht alt und schon gar nicht lyrisch.

Wenn ich nicht auf dem Markt sein will, bin ich nicht da. Ich tipple mit Babuschka hin, mir tut die Schulter weh, ich trage die Taschen, ich überprüfe das Kleingeld, aber ich weiß, dass es schon Vergangenheit ist. Ich bin nicht mehr da. Wir sind beide schon tot, wir sind veraltet, aus der Mode, vorbei, wie alle, die vor uns gegangen sind. Im Grunde greife ich nur ein paar Jahre vor, und das darf man wohl. Vor uns gab es auf diesem Markt eine Menge anderer Großmütter mit ihren Enkelinnen, und was machten die? Sie ließen sich genauso übers Ohr hauen, sie zählten das Kleingeld, sie sagten: »Wir haben schon lange keine kleine Dorade mehr gegessen« oder »Magst du immer noch keinen Fenchel?«. Und manchmal schenkte eine Händlerin der Kleinen eine halbe Mandarine oder Kirschen, die sie sich ans Ohr hängte, die Großmutter sagte: »Mach keine Flecken auf deine Bluse«, und dann starb sie, und die Kleine wuchs und wurde selbst Großmutter usw. Und morgen bin ich an der Reihe. Seit Jahrhunderten sieht das Mittelmeer Enkelinnen auftauchen, die den Korb ihrer Großmutter getragen haben und ein paar Runden im Wasser drehten, um etwas Atem zu holen, ehe sie alt wurden.

Als Babuschka klein war, hat sie im Schwarzen Meer gebadet, das kann man sich schwer vorstellen, und wenn man obendrein weiß, dass es auf der Krim war, macht es Angst. In meinem Geschichtsbuch ist ein Bolschewik mit einem Messer zwischen den Zähnen abgebildet, ich kann dir sagen, so einen schrecklichen Kerl habe ich sonst nur im Kino gesehen. Ich finde, Peter Lorre hätte nach *M – Eine Stadt sucht einen Mörder* den bolschewistischen Verbrecher auf der Krim spielen können. Das Land meiner Großmutter ist riesig, und es ist unglaublich, wie viele Tote es bei jeder Umsiedlung, jeder Demonstration, jedem Streik gibt, sogar bei Festen und Umzügen. Die Slawen werden auch auf dem Höhepunkt der Freude totgetrampelt, erstickt, zerquetscht, man kann es sich nicht vorstellen. Babuschka wirst du nicht zum Karneval locken; als Mama klein war, ist sie immer abgehauen, um hinzugehen, nicht mal zur Blumenschlacht wollte meine Großmutter, dabei ist die Blumenschlacht ganz sanft und sonnig, die Leute sind zufrieden, aber nein, für sie ist es unmöglich: Eine große Straße mit vielen Leuten und Polizisten ist eine Straße, in der gleich eine Katastrophe passieren wird.

Die Meere haben komische Namen. Schwarzes Meer. Rotes Meer. Totes Meer, Asowsches Meer. Im Collège lachen sie immer, wenn sie mir im Chor »Mer d'Azov« hinterherrufen. Ich habe eine Weile gebraucht, ehe ich es verstanden habe; ich musste es mir selbst mehrmals vorsprechen, ehe ich begriffen habe, dass »Mer d'Azov« wie »*Merde alors*« klingt. Ihre Dummheit ist unglaublich. Manchmal frage ich mich, ob sie so erwachsen werden, mit der ganzen

Dummheit an der Backe, oder ob es gerade ein kritisches Alter ist, wie mit dem Babyspeck, etwas, das verschwindet, wenn sich die Glieder strecken; vielleicht werden sie dann intelligenter, streckt sich sozusagen ihr Geist. Aber trotzdem. Die Menge von Idioten auf einem Schulhof ist schon beeindruckend. Ich frage mich, ob es nicht am Collège liegt; es ist ziemlich schwer, im Collège nicht zum Idioten zu werden, alle hören auf die Lehrerin, die lässt sie verblöden, indem sie für alle dasselbe mit denselben Worten wiederholt. Glücklicherweise fühle ich mich nicht betroffen. Wegen dem »Mer d'Azov«, wegen meiner russischen Großmutter lebe ich ein kleines bisschen versetzt, und das bewahrt mich davor. Sie glauben alles, was man ihnen sagt, sie lauschen im Chor und rezitieren im Rhythmus; natürlich bekommen sie sehr gute Noten. Sie wissen auf alles eine Antwort. Du sagst ihnen: »Acht mal acht Hugues Capet Futur zwei?«, und sie antworten wie aus der Pistole geschossen. Sie haben das alles im Kopf und warten ungeduldig, dass man sie fragt: »Acht mal acht Hugues Capet Futur zwei?« Deshalb sind sie nervös, weil sie immer warten, dass man sie fragt, das nagt an ihnen, und wenn sie auf dem Schulhof die Emigranten geärgert haben, schlagen sie sich oft gegenseitig die Fresse ein oder zeichnen behaarte Pimmel in die Toiletten, solche Sachen. Sie sind kurz vor der Implosion. Ich komme im Unterricht nicht mit. Eigentlich bin ich nie irgendwo mitgekommen. Abgesehen vom bewegten Leben der Helden von Tolstoi, Puschkin, Pasternak oder Tschechow, die die Lehrer nicht näher zu kennen scheinen, habe ich einen ganz schönen Rückstand. Ich glaube, ich habe nie richtig zugehört; jetzt ist es zu spät, selbst wenn ich jetzt anfangen würde, wäre es zu spät. Ich kann zum Beispiel keine Division mit zweistelligen Zahlen, weil ich meine Multiplikationstafeln nicht auswendig gelernt habe. In Russland, besser gesagt: in der Sowjetunion, zählen sie mit Rechenbrett, das zeigt doch, dass nur wenige Menschen auf der Welt mit zweistelligen Zahlen dividieren können. Es ist auf jeden Fall nicht menschlich, die Welt so zu verkleinern. Ich brauche einen weiten Horizont, deshalb beruhigt mich das Meer. Es ist unberechenbar. Man muss die Welt nicht mit Divisionen mit zweistelligen Zahlen quälen, man muss sie flach vor das Meer legen und die wahren Schlussfolgerungen daraus ziehen: Das Leben dauert zweieinhalb Sekunden, und man hat die Entfernung falsch geschätzt.

Ich liebe das Mittelmeer. Es ist das stolzeste aller Meere. Es gibt nichts her. Es wirft sich nicht ans Ufer, lässt keine Wale stranden und versucht nicht vergeblich, einen Felsen umzureißen. Es liegt in der Stadt, an der Schwelle unserer Häuser, es rührt sich nicht, aber ich glaube, man sollte sich besser vorsehen. In Nizza ist es gar nicht leicht, ins Wasser zu gehen. Die Steine zwingen den Badenden, wie ein Kind zu laufen, das seine ersten Schritte macht, er schwankt, klammert sich mit kleinen Jauchzern an die anderen; es ist schwierig, den Helden zu markieren, wenn man beschließt, in Nizza zu baden, deswegen sonnen sich die Mädchen, die sich aufspielen müssen, lieber abwechselnd auf dem Rücken und auf dem Bauch und hören dabei Radio, als auf Stöckelschuhen ins Wasser zu gehen.

Auf dem Markt hat sich Babuschka bei den Rüben, den Paprika und sogar beim Quark übers Ohr hauen lassen. Auf dem Rückweg haben wir meine Freundin Suzanne getroffen, die im Bahnhof wohnt. Das ist die Schande ihres Lebens. Sie lädt nie jemanden zu sich ein. Niemand weiß, wie die Wohnung des Bahnhofsvorstehers und seiner Familie aussieht. Außer mir. Ich bin einmal hingegangen, um Suzanne die Hausaufgaben zu bringen, als sie eine eitrige Angina hatte; ich hatte diesen Moment der Schwäche ausgenutzt, um mit dem müden Lächeln der netten Klassenkameradin, die, beladen wie ein Maulesel, einen Riesenumweg gemacht hat, bei ihr zu klingeln, aber ich wurde enttäuscht. Ihre Mutter hat gleich mit mir geschimpft, weil ich geklingelt hatte, obwohl ihre »Kleine« schlief, und sie hat mich nicht mal reingelassen. Es war dunkel, und ich habe mir den Hals verrenkt, nur um einen leeren Garderobenständer und eine gerahmte, an der Wand hängende Canevas-Stickerei zu sehen, daneben eine Schweizer Kuckucksuhr; dem Kuckuck hatte man wohl den Schnabel zugebunden, während die »Kleine« schlief. Ich habe lange geglaubt, Suzanne schämte sich wegen ihrer Mutter, die alle Besucher beschimpft, noch ehe sie Guten Tag gesagt hat, und wegen der Stickerei an der Wand, aber ich irrte mich. Dass Suzanne niemanden einlud, lag an der

Liedzeile »*Il est cocu le chef de gare*« (Der Bahnhofsvorsteher ist ein Hahnrei). Ich versuchte mich an ihre Mutter zu erinnern und verstand nicht, warum ihr das so unangenehm war. Dann haben uns mein »Mer d'Azov« und ihr »Il est cocu le chef de gare« irgendwie nähergebracht. Wir haben gemeinsam beschlossen, dass alle, die diesen beiden Flüchen entgangen waren, einfach Idioten sind. Das hat uns das Herz erwärmt, wir haben uns in der Schule nebeneinandergesetzt, aber Suzanne hat mich nie zu sich eingeladen, und als sie einmal Grippe hatte, habe ich ihr nicht die Hausaufgaben gebracht, weil es zu ansteckend war.

An diesem Morgen hat meine Großmutter Suzanne angesehen, als wäre es nicht der passende Moment für sie, durch die Rue Rossini zu gehen. Außerdem hat sie trotz meiner verlegen gebrüllten Vorstellung so getan, als würde sie nichts hören, schlecht sehen und es sehr eilig haben, ihren Brief vor der Abendleerung einzustecken. Es war elf Uhr morgens. Auch wenn wir beinah auf der Stelle traten, blieb noch etwas Zeit. Aber nichts zu machen, Suzanne gelangte nicht in Babuschkas Sichtfeld, sie wandte sich nach einem halben Blick ab und dachte dabei sicher, dass meine Freundinnen mir glichen: Suzanne sah nicht aus wie ein kleines Mädchen, das die Revolution überlebt hätte. Nach einem Küsschen und einem »Vielleicht ein andermal, hast du die Sonne gesehen, ich geh zum Strand« hat Suzanne uns erleichtert verlassen. Ohne meine Großmutter zu kennen, hat sie offenbar deutlich die Verachtung des russischen Adels für den gehörnten Bahnhofsvorsteher gespürt.

Als ich ihr nachblickte, war ich wütend auf Babuschka. Nicht wegen der Art, wie sie meine Freundinnen ignorierte, sondern vielmehr wegen ihrer Art zu ignorieren, dass die Sonne schien und dass es gut wäre, ganz normal zu sein und einen Badeanzug anzuziehen. Ich spreche natürlich von mir. Meine Großmutter badet nie, sie ist viel zu sehr damit beschäftigt, auf mich aufzupassen. Sie trägt zu diesem Anlass immer einen riesigen Strohhut mit Bändern, fast so groß wie ein Sonnenschirm; sie legt die Hand über die Augen wie ein Kapitän, der die Fluten überwacht, der Kapitän der *Titanic* war bestimmt nicht ängstlicher als sie, als er auf den Eisberg gefahren ist. Sobald ich es ins Wasser geschafft habe und nicht mehr schwanke, sondern mich ausstrecke, um ein paar Züge zu schwimmen, brüllt sie: »Das reicht jetzt, komm zurrück! Komm jetzt zurrück, das reicht, komm zurrück!« Bis ich aus dem Wasser komme, nicht, um sie zu beruhigen, sondern um sie zum Schweigen zu bringen. Ich erkläre ihr, dass ich genau eine Minuten und 35 Sekunden im Wasser war und dass ich mich am liebsten ertränken würde, wenn sie mir nur einmal die Zeit dazu ließe. Sie zweifelt nicht an meinen Worten und sagt: »Entschuldige, Sonjetschka, geh baden, geh schon. Ich sterrbe vor Sorge, ich bin müde, aber geh, geh nur! Mein Gott, wie müde ich bin, geh schon!« Natürlich greife ich dann nach meinem Handtuch, meinen Sachen, und wir gehen nach Hause. Sie klammert sich stumm an mich, sie geht langsam, mit gesenktem Kopf wie ein kleiner störrischer Esel. Sie ist zufrieden. Der Vertrag ist erfüllt: Wir haben unseren täglichen Spaziergang gemacht.

Woran dachte mein Grossvater wohl, als er neben Simone Signoret tanzte? Man hatte ihm einen Schnurrbart angeklebt und eine Schirmmütze aufgesetzt, damit er wie ein Ganove aussah, er, dem im Krieg zwei Zehen erfroren waren, mit den Granatsplittern im Schädel, die man nie rausgeholt hat. Und seine drei Brüder waren gestorben, einen hatte er selbst begraben, er hieß Wolodja. Wolodja war in eine Jüdin verliebt, aber eines Tages war sie tot, zusammen mit vielen anderen Juden, die man in den Ural deportiert hatte, weil Jiddisch dem Deutschen bedrohlich ähnlich war und die Russen Angst hatten, den Krieg zu verlieren; das hatte gar nichts miteinander zu tun, aber anscheinend hat das Pogrom den Zorn des Zaren und seine Angst, den Krieg zu verlieren, halbwegs gedämpft. Direkt nach dem Massaker an seiner Verlobten, 1915, starb Wolodja als Held. Er hatte sich als Freiwilliger gemeldet; an der Front ist er aufgesprungen und auf die Deutschen zugerannt, es hat nicht lange gedauert, eine Maschinengewehrsalve in den Bauch. Mein Großvater ist unter dem Stacheldraht durchgekrochen und hat Wolodjas Körper zurückgebracht, um ihn zu begraben, ein Kreuz auf die Erde zu stellen und ganz schnell ein Gebet zu sprechen, ehe die nächsten Granaten kamen.

Woran dachte Djeduschka, mein Großvater, als er mit seiner Ganovenmütze tanzte, als das Megafon brüllte und sich die Kamera überhaupt nicht für ihn interessierte? Er liebte es, stundenlang mit einem unechten Schnurrbart in einer unechten Straße unter einer unechten Sonne zu warten. Ich habe mich nie getraut, ihn zu fragen, ob zwei fehlende Zehen beim Tanzen stören. Ich habe mich fast nie getraut, ihn irgendwas zu fragen. Er machte mir keine Angst. Er war weder böse noch streng. Er hatte ein schmales Gesicht mit schrägen Augen, wie ein großer sanfter Hund. Man konnte nicht wissen, woran er dachte, auch ein bisschen wie bei einem Hund. Es gehört sich nicht, seinen Großvater mit einem Hund zu vergleichen, aber trotzdem war er so, ich meine: Er war neben uns, aber was sah er? Sah er dasselbe wie wir, genauso wie wir? Ich glaube nicht. Er verbrachte auch sein Leben in Schwarz-Weiß. Simone Signoret und er werden immer schwarz-weiß sein. Seine Erinnerungen sind voller Schnee, Rauch, Feuer, Eis, Schwarzbrot, Weißgardisten, Gleise: Die Züge der einen kreuzen die Züge der anderen, Lenin kommt zurück, der Zar geht, Ural, Sibirien, Schwarzes Meer … Ich kann mir einfach nicht vorstellen, dass es in der Vergangenheit meines Großvaters Farben gab, wenn ich seine schrägen Augen vor mir sehe, die woandershin schauen.

Ich wäre gern mit ihm ins Kino, spazieren, ein Eis essen gegangen, alles, was man in jedem Land und in jedem Alter macht. Aber wir haben es nie getan, er war nicht jeder.

Woran denkt ein Mann, der seinem Bruder das Grab geschaufelt hat und Jahre später mit einem unechten Schnurrbart und einer Statistin im Arm tanzt?

Wie sieht ein Mann die Welt, der vor Schmerz brüllt, wenn er seine Schuhe auszieht und seine erfrorenen Zehen einsammelt und später lächelt, wenn ein Megafon es verlangt?

Wenn ein Mann seine Brüder sterben sieht, die jüdischen Verlobten sterben sieht, die Kinder, die Seeleute, die Aufständischen, die Bluter, die Arbeiter, das russische Volk sterben sieht und Jahre später Lebensversicherungsverträge auf Französisch macht, ist es dann nicht normal, dass dieser Mann vor Kummer stirbt? Ist es nicht normal, dass mein Großvater die Welt verlassen hat, ohne sich für mich zu interessieren? Was hätte ich ihm auch erzählen können, außer dem, was auf dem Schulhof passierte und von den Geschichten, die ich abends in meinem Manderley erlebte? Wenn er mich ansah, versuchte ich manchmal geheimnisvoll dreinzuschauen, wie ein Mädchen, das ein so schweres Geheimnis mit sich trägt, dass es Mühe hat, es zu verbergen. Zum Beispiel ein Mädchen, das in einen Juden verliebt ist oder das heimlich Schauspielunterricht nimmt und schon für *Krieg und Frieden* vorgespielt hat; es wartet auf die Antwort und kann noch nicht darüber sprechen. Djeduschka war wahrlich die Diskretion selbst, trotz meiner nur halb unterdrückten Seufzer, meiner verträumten Augen und meines gequälten Gesichts hat er mich nie gefragt, ob ich einen Juden liebte oder Natascha Rostowa spielen würde. Da er starb, als ich zehn Jahre alt war, war das alles nicht sehr glaubwürdig; vielleicht würde er sich heute für mich interessieren, Zweifel haben und mir Fragen stellen.

Er ging nicht zu den Exilantenvereinigungen, den Clubs russischer Monarchisten, das alles stieß ihn ab, er wollte nicht mit meiner Großmutter über den Zaren sprechen. Mama sagt, Babuschka hat ihn daran gehindert zurückzugehen, als er mit den Leuten der Union für die Heimkehr im Gespräch war. Es gab schreckliche Szenen, Mama war noch klein, aber sie hat es nie vergessen, sie sagt, sie hat ihre Kindheit mit Eltern verbracht, die stritten, die nicht wussten, ob sie bleiben oder gehen sollten, raus oder rein, sie sagt: »Ich wusste nie, ob die Tür auf- oder zugehen würde.«

Für mich ist es einfacher. Mama ist gegangen. Ich glaube, das hat sie von ihren Eltern, das ist ihre russische Kultur, sie ist ständig damit beschäftigt, zu gehen und wiederzukommen. Als sie mit mir schwanger war, war es genauso, sie hat lange gezögert, ehe sie sich gefreut hat, sie ist damals viel Moped und Ski gefahren, aber ich habe mich nicht abschütteln lassen. Ich habe mich von meiner eigenen Mutter adoptieren lassen. Sie war schon sechsunddreißig, und ich war für sie »ein Unfall«, eine Art frühzeitiger Sturz. Seit ich geboren bin, sage ich keinen Mucks. Ich beobachte. Ich sage nichts. Ich mache nie Probleme. Ich versuche nicht mal mehr, geheimnisvoll auszusehen, denn meine Mutter kennt mich, sie glaubt nicht dran. Wenn sie mich ansieht, zieht sie immer ein bisschen die Brauen hoch und versucht ein halbes Lächeln, ein stummer Versuch, ihren guten Willen zu zeigen und auch ihre Ohnmacht. Sie würde gern. Richtig bei mir sein, an das alles glauben, wissen, wo ihr Platz ist, und sich daran halten. Sie schafft es nicht. Sie bemüht sich, sie versucht es, es hält ein paar Monate und lässt wieder nach. Ich sehe, dass sie die Jahre zählt, sie wartet auf den Moment, wo die ganze gesetzliche Verantwortung als Mutter, jede Verpflichtung sich auflöst und sie fliegen kann, wohin sie hin will, das halbe Lächeln des guten Willen aufgeben, das ihr eine Kraft abverlangt, die sie gern für anderes aufsparen würde. Meine Mutter braucht Fröhlichkeit. Leichtigkeit. Sie muss Champagner trinken und dabei die Augen schließen. Ein nettes Kleid anziehen, auch wenn es einfach ist und nicht teuer, sich hübsch dabei fühlen und lachen. Sie hat immer noch nicht den Ort gefunden, wo sie das tun kann, ohne sich oberflächlich und als schlechte Mutter zu fühlen, also muss sie ab und zu ausschweifen. Und dann kommt sie wieder, als wäre sie einkaufen gewesen oder hätte die Laken ausgeschüttelt, sie nimmt das Leben da wieder auf, wo sie es verlassen hat. »Ich habe dir doch gesagt, du sollst den Rock nicht mehr anziehen, Sonja, er ist jetzt zu kurz!«, oder: »Ich habe deinen Vater schon zehnmal gebeten, seine widerlichen Zigarillos nicht im Schlafzimmer zu rauchen!« Sie schimpft ein bisschen mit uns, um uns zuvorzukommen, und es funktioniert. Papa seufzt schweigend, ich halte mich zurück, sie so fest zu umarmen, wie ich möchte, denn das hieße Wiedersehen, also auch Trennung, aber abends bleibt sie etwas länger auf meinem Bett sitzen, als sie mir Gute Nacht sagt. Wir sind ja beide nicht dumm. Wir wissen genau, dass sie weg war und nur so tut. Dann streicht sie mir über die Haare und fragt: »War alles in Ordnung mit deiner Oma?« Ich nicke. »Und mit deinem Vater?« Ich nicke wieder. Dann hält sie sich zurück, das sehe ich genau. Sie möchte so gern »Ich hab dich lieb« sagen, die Worte liegen ihr auf den Lippen, und ihr Lächeln verzerrt sich etwas, ich sehe, wie sie zögert, das tut mir weh. Am Anfang habe ich versucht, ihr zu helfen, indem ich es als Erste sagte, aber das war noch schlimmer, sie ist aufgesprungen und hustend aus dem Zimmer gerannt, ohne mich zu umarmen.

Die wahre Liebe ihres Lebens ist er. Ihr Vater. Juri Lubowski. Sie reißt viel öfter aus, seit er tot ist, sie ist sehr unruhig geworden, irgendwas erstickt sie, vielleicht der Groll, die Vorwürfe, die sie meiner Großmutter entgegenschleudert und die ihn nicht zurückbringen werden. Ich wünsche mir, dass sie ihn nicht mehr sucht, dass sie nicht mehr der Freude nachtrauert, die er nie gehabt hat, die sie ihm nie geben konnte. Er war nicht glücklich, einverstanden, aber jetzt ist er tot, nichts kann mehr machen, dass Juri Lubowski glücklich gewesen ist, ob in Russland oder in Frankreich, es ist zu spät. Als er ganz klein war, vor unseren Blicken geschützt, da war er vielleicht glücklich. Mit seiner Mama, die ihm die Lieder vorsang, die eine Mama ihrem kleinen Jungen vorsingt. Weil sie nicht wusste, was geschehen würde, später. Für uns ist es natürlich einfach, wir schlagen ein Lexikon oder ein Geschichtsbuch auf, alles steht drin, aber sie? Sie wusste nicht, wie viel über Russland in den Büchern stehen würde, es würde Sowjetunion heißen und Sankt Petersburg Leningrad, auch Lenin war ein kleiner Junge und hieß nicht Lenin, alles hat sich geändert, die Papiere, die Pässe, dass man starb, als man noch zu jung zum Sterben war, dass man aus einem Land floh, das man liebte, vielleicht dachte mein Großvater daran. Er dachte nicht: »Wie gern wäre ich der, der mit Simone Signoret tanzt«, »Wie gern wäre ich der, der sein Land nicht verlassen hat«, »Wie gern hätte ich nie meinen Bruder beerdigt und hätte zehn Zehen«, nein. Er dachte an das, was ihm seine Mutter vorsang, und er sah so friedlich und abwesend aus wie einer, der sich nicht gut an das Lied erinnert, der es sucht und versucht und sein Leben lang von vorn anfängt und hofft, es noch einmal ganz zu hören.

Meine Grossmutter hat angefangen, auf die Antwort zu warten. Ich wusste, dass das Warten kommen würde, aber nicht so schnell, kaum dass wir vom Markt zurück waren.

Nachdem wir Suzanne getroffen hatten, gingen wir schweigend zurück, bis zum Hauseingang, wo Madame Claudine lautstark mit ihrem Sohn Gérard diskutierte, der sein Velosolex vor dem Zaun geparkt hatte. Gérard ist fett. So fett, dass er bestimmt viel Applaus bekäme, wenn er auf seinem Velosolex durch ein Zirkuszelt fahren würde. Es ist ein Wunder, dass er auf seinem winzigen Velosolex sitzen bleibt. Sie waren mitten im Streit. Sie meckerte, aber nicht wegen der Hausbewohner. Sie schimpfte, während sie ihr Staubtuch rang, sie warf Gérard vor, nicht auf sie gehört und kein Zahlenschloss gekauft zu haben. Er schlug sich auf die Schenkel und brüllte noch lauter: »Mama! Ich hab lieber Schlösser mit Schlüssel, das habe ich dir nie verheimlicht!« Es sah fast so aus, als würde er einen Tanz erfinden, so was wie einen Schuhplattler. Babuschka zögerte, sich einzumischen, sie hatte keine Ahnung, worum es ging, aber ich sah, dass es ihr widerstrebte, ohne ein gutes Wort für die einfachen Leute an der

Concierge vorbeizugehen. Das war man sich immerhin schuldig. Vor allem, wenn man gerade DEN Brief an den Chefredakteur von *Historia* eingesteckt hat. Also blieb sie neben ihnen stehen, nickte mehrmals und sah abwechselnd zu Gérard und seinem Velosolex, woraufhin sich plötzlich erstauntes Schweigen breitmachte. Dann wandte sie sich höflich und zufrieden an Madame Claudine:

»Err ist schon wiederr gewachsen«, sagte sie über Gérard, der ebenso klein wie fett und mindestens dreißig ist.

Madame Claudine hat kurz gezögert, was ziemlich neu ist für sie, die nur in Wiederholungen spricht (die Mülltonnen, die Briefkästen, die Fußabtreter und manchmal die Sonne und der Regen), und dann hat es ihr gefallen, wie ihr meine Großmutter zum Wachstum ihres Sohns gratuliert hat, und sie hat mit dem unverhohlenen Vergnügen einer aufmerksamen und überforderten Mutter geschimpft:

»Er hat seinen Schlüssel verloren!«

Das hat Babuschka nicht gehört. Oder nicht verstanden. Sie hat einen aufmerksamen Blick aufgesetzt und schweigend nachgedacht, und obwohl ihr nichts einfiel und sie schnell nach Hause wollte, hat sie, um im Vorteil zu bleiben und das letzte Wort zu haben, gesagt:

»Das ist immerr so mit den Jungen!«

Und wir sind reingegangen. Sie waren einen Moment still, dann haben sie ihr Geschrei da fortgesetzt, wo sie aufgehört hatten.

Ich habe die Einkäufe weggeräumt, ich habe Babuschka ein Glas Wasser gegeben, sie hat sich vor ihren Spieltisch am Fenster gesetzt (wegen der geschlossenen Fensterläden war es dunkel), und sie hat nichts mehr gesagt.

Ich hätte gern etwas für sie getan, den Salat gewaschen oder den Tisch gedeckt, aber ich weiß, dass sie mich entgeistert angesehen hätte, wie immer, wenn sie findet, dass ich absolut neben der Spur bin. Einmal hat sie mich nach meinem Geburtsdatum gefragt. Ich habe es ihr gesagt. Sie hat es mich wiederholen lassen, dann hat sie das Gesicht verzogen: »1961! Das ist doch kein Geburtsjahr!« Ich habe gesehen, wie wütend sie auf mich war. Ich bin zu spät geboren, ich habe das Datum überschritten, zu dem man geboren werden kann, ohne dass es verlorene Zeit wäre. Ich weiß, dass ich das Wesentliche verpasst habe, und sicher langweilt sie sich deshalb mit mir. Manchmal würde ich gern aus dem Collège oder vom *Bon Lait* zurückkommen, mich auf einen Stuhl fallen lassen, den Kopf nach hinten werfen, die Augen verdrehen und sagen: »Ich könnte tot sein! Ja, eigentlich müsste ich tot sein!« Und dann, weil sie mich händeringend anfleht, würde ich ihr in Andeutungen erzählen, wie ich die Pläne der Geheimpolizei durchkreuzt hatte und wie viele Leichen im Meer schwammen: das ganze Grauen, das ich natürlich niemals verstehen würde, weil ich ihm nie ins Gesicht gesehen habe, »Du hast niemals dem Tod ins Gesicht gesehen, Sonjetschka«, wie sie zu sagen pflegt.

Ich wäre gern Zeugin eines Verkehrsunfalls. Einer blutigen Prügelei in der Bar an der Rue Aubert. Ich wünsche mir, dass die Verkäuferin im *Bon Lait* an einem Herzinfarkt stirbt, als ich ihr gerade einen Marienkäferring stehle. Dass Cricri Mariani ihre Schwester Corinne mit den Kieseln ihrer Hopse steinigt. Und ich würde mir nichts davon entgehen lassen, das schwöre ich. Ich würde dem Sterben, dem Tod, dem Sargträger, der in Tränen aufgelösten Familie ins Auge sehen; es würde mich voll erwischen, schreckliche Traumata, die sich in immer wiederkehrende Albträume verwandeln würden. Nachts würde man mich im Schlaf brüllen hören, und die Nachbarn würden sagen: »Die Kleine aus dem ersten Stock hat wieder einen Albtraum«, und anstatt gegen die Heizkörper zu hämmern, würden sie sich dreimal bekreuzigen.

Aber es passiert niemals etwas. Weder mir noch den Menschen um mich herum. Nizza ist eine sehr ruhige Stadt, die Leute hier leben sehr lange, die Lebenserwartung liegt über dem Landesdurchschnitt, und sogar bei Großmutters Freundinnen würde man wirklich nicht vermuten, dass es ihnen während der Revolution an Vitaminen gefehlt hätte. Sie können bei der Heiligen Liturgie stundenlang stehen und sich sogar unzählige Male hinknien und wieder aufstehen, ohne dass es ihnen die geringsten Probleme bereitet. Nicht mal bei der großen strahlenden Ostermesse habe ich sie umkippen sehen. Der Mittagsschlaf konserviert sie hervorragend.

Manchmal hätte ich gern eine tödliche Krankheit, von

der ich wieder genesen würde. Aber vor der Genesung würden Großmutter und ich schlimme Zeiten durchleben, und sie würde nicht auf die Antwort von Giscard d'Estaing oder Melchior-Bonnet lauern, wenn die Post kommt, nein. Wir würden uns ab acht Uhr morgens die Beine in den Bauch stehen, um den Briefträger zu erwischen, der uns die Laborbefunde bringt, weil der Arzt nicht den Mut hatte, sie uns am Telefon zu erzählen. Aber ich bin nie krank. Ich bekomme nichts, nicht mal einen Sonnenstich; manchmal frage ich mich, ob ich wirklich existiere, ob ich nicht so was wie ein kleines durchsichtiges Mädchen bin. Manchmal denkt man, man existiert, und dabei existiert man gar nicht. Die ganzen alten Verrückten, die dachten, sie wären Anastasia, und die es nicht waren, wer sie dann waren, wussten sie nicht. Sie hatten überhaupt keine Ersatzpersönlichkeit, sie hielten sich alle für wunderbar errettete und an Amnesie leidende Anastasias. Manchmal nimmt man von anderen, um die eigenen Leerstellen zu füllen, ich zum Beispiel bin nachts voller Leute. Ich erlebe in Manderley so umwerfende Abenteuer, dass ich weine. Ich weine ganz allein in meinem Bett, so tragisch ist das, was ich in Manderley erlebe. Und dann schlafe ich mit verstopfter Nase ein, ich schnarche und bin lächerlich.

An diesem Tag sah Babuschka so aus, als wäre sie ganz weit weggeflogen, das Halbdunkel in der Wohnung nützte nichts, ich habe mich ihr gegenüber auf die andere Seite des Spieltischs gesetzt, aber nichts zu machen, sie sah mich nicht. Ich habe sie gefragt, ob sie Rommé spielen will, sie hat nicht geantwortet. Ich habe sie gefragt, ob sie Tee haben will, sie hat nicht geantwortet. Ich hoffte, dass sie nicht so niedergeschlagen dasitzen würde, bis die Antwort des Chefredakteurs von *Historia* eintraf, wie sollte ich sie ablenken? »Weißt du, dass Denise Fabre ihre Jugend in Nizza verbracht hat?«, habe ich gesagt. Sie sah ihre Finger an, aber diesmal war ich bei der Diskussion nicht zugelassen, sie spielte sich zwischen ihr und ihnen ab. Ich habe mich nicht aus der Fassung bringen lassen: »Und Simone Weil ist hier geboren. Avenue Georges-Clemenceau. Wusstest du das?« Aus Überdruss haben ihre Finger ihre alten blauen Augen gerieben, sie hat geseufzt, und ich habe aufgegeben. Dann habe ich einen neuen Anlauf genommen und versucht, ihr zu schmeicheln: »Erzähl mir noch mal die Geschichte von Tschechow und Potapenko ... Bitte ... Erzähl mir, wie sie das kleine Roulette gebaut und sich dann im Casino ruiniert haben, ja?« Sie hat ein müdes Augenlid halb geöffnet, ich habe gestammelt: »Na ja ... Tschechow und du ... du weißt schon ... das hattet ihr gemeinsam oder? Man könnte sagen ... irgendwie ... die Spielleidenschaft hat euch beide gepackt ... erwischt, hier ... in Nizza ... oder nicht?« Sie hat mich angesehen, als wäre ich der unsichtbare Mann.

Ich bin bei ihr geblieben, ich weiß nicht, warum, und habe auch nichts getan. Ich hörte die Geräusche von der Straße, Gérard und Madame Claudine versuchten, das am Zaun angeschlossene Velosolex zu befreien, ich glaube mit einem großen Messer oder einer Schere, es klang ziemlich gefährlich. Madame Claudine liebt es, wenn sie Zeugen für ihr Unglück hat, und es war schwierig, ihr Gejammer nicht zu hören, ihr »Was hab ich dem lieben Gott getan, dass ich einen Sohn habe, der ein Schloss mit Schlüssel kauft?«. Ich spürte die Hitze nicht mehr an die Fensterläden klopfen, die Zeit war vorüber, die Sonne hatte sich gedreht.

Die Nummer von *Historia* lag zwischen meiner Großmutter und mir, Ingrid Bergman lächelte geheimnisvoll und verkörperte das Anastasia-Geheimnis für den amerikanischen Film. Ich habe die Nummer zum tausendsten Mal aufgeschlagen. »Große Mysterien der Vergangenheit. Große Rätsel. Geheimdossiers der Geschichte.« Alain Decaux hat eine Antwort für alles, meine Großmutter hasst ihn, sie nennt ihn »Alain Le Faux«, Alain den Falschen, und dann lacht sie wie ein kleines Mädchen, das etwas Verbotenes sagt, mit kleinen unterdrückten Glucksern. Alain Le Faux weiß, wie man eine Geschichte anfängt: »Berlin, 1920, eine kalte, feuchte Februarnacht. Am Landwehrkanal«, es war gut erzählt, aber nicht sehr einladend, und ich habe das Heft zugeschlagen. Ich habe Großmutter gefragt, ob ich jetzt, wo sich die Sonne gedreht hat, ein bisschen die Fensterläden öffnen darf. Sie hat nicht geantwortet. Sie hat das Schubfach vor sich aufgezogen, hat ihr Kartenspiel rausgeholt, ihre Lesebrille aufgesetzt und eine Patience angefangen. Sie blickte so misstrauisch auf die Karten, als würden sie ihr die Zukunft verraten. Wie sieht Babuschkas Zukunft aus? »Der Tod ist ein großes Rrendezvous«, hat sie mal zu mir gesagt. »Und ich würde gerrn an der Diskussion zwischen Dostojewski und Rrasputin teilnehmen. Besonders aufregend dürfte das Gesprräch zwischen meiner Tante Anna und Napoleon werden!« Denkt sie das wirklich? Versucht sie sich zu motivieren, sich zu überzeugen, dass sie auch da oben mit ihren flammenden Reden, ihren lyrischen Briefen weitermachen kann, dass sie ihre Wahrheit vor den Großen dieser Welt offenbaren wird, endlich auf Augenhöhe mit ihnen? Sie hat mir nie gesagt, dass sie es eilig hat, Großvater wiederzusehen, nicht mal, die ganze Familie Romanow vollständig vor sich zu sehen. Vielleicht lügt sie und glaubt keineswegs, dass der Tod ein Rendezvous ist, sondern vielmehr eine große Leere voller Wind und Einsamkeit. Was sieht sie in ihren Karten, da sie doch keine Zukunft hat und noch nie eine Patience gewonnen hat, ohne zu schummeln? Sie legt immer los, als wären die Karten ihr Rechenschaft schuldig, als würde sie die Lüge entlarven und sich endlich rächen. Nichts verschafft ihr Erleichterung. Alles ist wichtig und schwierig, verlangt außerordentliche Konzentration, sie ist erschöpft, sie ist groß, mager, gebeugt, sie hat Angst zu stürzen, sich schmutzig zu machen, mich verschwinden zu sehen, sie schläft schlecht, sie vergisst zu essen … Wie lange wird sie so kämpfen, gegen alles, was in ihrer Brust tobt, »die GESCHICHTE in Großbuchstaben«, wie sie sagt?

Draußen habe ich Gérards Velosolex starten gehört. Er ist in die Pedale getreten und hat vor Freude geschrien: »He he! He he!«, er hat ein sehr beschränktes Vokabular, aber seine Mutter wollte ihre Leistung unbedingt hervorstreichen, sie hat gesagt: »Oh, oh, du machst mir zu schaffen! Du machst mir zu schaffen! Du machst mir zu schaffen!«, immer ihre berühmten Wiederholungen, die sich für verschiedene Ereignisse oder unterschiedliche Personen verwenden lassen. Und dann hat sich das Velosolex entfernt, und auch die Stimme von Madame Claudine ist verstummt.

Draußen herrschte plötzlich große Stille.

Man hätte meinen können, ganz Nizza habe sich geeinigt, dass jetzt diese große Stille herrscht.

Es war wohl Essenszeit. Bald würde es nach gebratenen Paprika und Zwiebeln riechen. Man würde auf Télé Monte Carlo den Wetterbericht hören und dann die letzten Katastrophen in der Welt und auch die Neuigkeiten von Grace Kelly oder Jacques Médecin, von allen, die wichtig sind, die man nie sieht, aber über die man alles weiß.

Babuschka war dabei, ohne jede Scham das Kreuzass zu suchen, das ihr fehlte, um die letzte Reihe freizubekommen, schließlich hat sie es gefunden und es schimpfend auf den Tisch gelegt; sie mag es nicht, wenn die Situation ihr entgleitet, und dieses Kreuzass, das sie wieder mal zum Schummeln zwang, ärgerte sie enorm. Es war nicht der richtige Moment, sie anzusprechen.

Ich habe Ingrid Bergman angesehen, die das unechte Anastasia-Kleid trug und in einer unechten Straße unter einer unechten Sonne darauf wartete, dass die Assistentin sie holte und zum Drehort brachte, wo sie die unechte Königin Victoria fragen würde, ob sie gut geschlafen habe und ob sie nicht vergessen habe, dass es am Abend einen Umtrunk gebe. Ich habe wieder an Frau Anderson gedacht, die aus Berlin, und an »die kalte und feuchte Nacht 1920«, von der Alain Le Faux spricht.

Frau Anderson litt an Anfällen von Melancholie. Sie lag den ganzen Tag im Bett einer psychiatrischen Klinik in Deutschland, wenn es ihr etwas besser ging, setzte sie sich auf. Sie sprach mit niemandem. Sie lag da, und die Jahre vergingen. Sie zog die Decke über ihr Gesicht, wie ein kleines Zelt, ein Schutzraum für ihre melancholischen Träume. Sie wurde künstlich ernährt. Sie schielte und zog Grimassen, wenn man sie fotografieren wollte. Eines Tages kam in ihr Zimmer in Sektion B, Haus IV, eine andere Kranke, Frau Peuthert. Jetzt waren zwei Verrückte in dem Zimmer, was für eine psychiatrische Klinik nicht viel ist. Frau Peuthert war Näherin gewesen und hatte vor der Revolution in Russland gearbeitet. Alle verfolgten sie, zumindest behauptete sie das, so sah sie die Sache. Einmal hat ihr eine nette Krankenschwester eine deutsche Zeitschrift geborgt, und damit hat alles angefangen, angeblich eins der größten Rätsel der GESCHICHTE in Großbuchstaben, und sogar Ingrid Bergman scheint daran geglaubt zu haben. Und nicht nur sie, sondern Könige, Königinnen,

Polizisten, Journalisten, Historiker, die ganze Welt ist verrückt geworden, meiner Großmutter dreht es den Magen um, wie sie sagt: »Es dreht mir den Magen um, Sonjetschka!«, und ich stelle mir ihren Magen vor, der sich windet wie ein altes, mit Magensäften durchtränktes Taschentuch, denn Folgendes ist geschehen: Die verrückte Frau Peuthert hat in der deutschen Zeitschrift ein Foto von Anastasia gesehen, sie hat die verrückte Frau Anderson angeschaut und hat geschrien: »Ich weiß, wer du bist! Du bist Anastasia!« Da hat die verrückte Frau Anderson den Finger auf die Lippen gelegt und ganz leise gesagt: »Sei still ... Sei still ...«, aber die andere war nicht still, im Gegenteil, sie hat so einen Aufruhr gemacht, dass die ganze Welt durch das Zimmer in Sektion B gezogen ist, und je mehr Frau Anderson schmollte, desto rätselhafter und geheimnisvoller fand man sie, und desto mehr fanden einige, dass sie den Romanows ähnlich sieht, kurzum, ihrer Meinung nach hatte man Anastasia endlich wiedergefunden. Ganz allmählich hat die verrückte Frau Anderson es praktisch gefunden, dass man ihr sagt, wer sie ist, denn genau das fragte sie sich schon seit Jahren. Also hat sie nach einer Weile gesagt: »Einverstanden, ich bin Anastasia«, und dann gab es einige, die widersprochen haben, darunter Alain Le Faux, der sagt: »Das ist sie nicht, das ist sie nicht«, und das ist das Einzige, worin sich meine Großmutter mit ihm einig ist. Das ist sie nicht.

Die Wahrheit ist woanders. Die Wahrheit ist vor mir. Nicht in der Zeitschrift mit Ingrid Bergman. Nicht in den Karten. Die Wahrheit ist im Kopf meiner Großmutter. Sie hat sie noch nie jemandem erzählt. Nicht mal den Zeitungen. Nicht mal den Präsidenten. Sie fühlt sich noch in Gefahr, sie gibt nur Andeutungen von sich, stößt Halbwahrheiten hervor, überzeugt, dass Juri Andropow ihr über die Schulter sieht, deshalb macht sich niemand die Mühe, Glückwünsche in den Antwortumschlag zu stecken. Das ist nicht schlimm. Ich sitze in der ersten Reihe. Und ich warte. Wenn ich einen Nutzen auf dieser Welt habe, auf die ich so schrecklich viel zu spät gekommen bin, dann ganz bestimmt diesen: warten, dass die Wahrheit hervorbricht. Dass mir Großmutter vertraut.

UND DANN KAM DIESER denkwürdige Morgen, als Mama angerufen hat. Babuschka war im Bad, und ich bin rangegangen. Ich hatte ihre Stimme vergessen. Ich dachte, ich hätte ihre Stimme vergessen. Das ist wie mit ihrem Gesicht. Ich vergesse es. Nichts erinnert mich daran. Bei Babuschka gibt es nur Fotos von Mama als kleines Kind und als junges Mädchen. Sie sind schwarz-weiß, mit gezacktem Rand, auf große schwarze Seiten in einem grünen Album geklebt. Unter diesen Fotos stehen nie dic Namen der Leute, auch nicht, wo sie sind, es gibt nur die Daten, das Album ist voll mit Zahlen, als hätte man die Leben berechnet, anstatt sie zu erzählen. Als ich Babuschka nach dem Grund gefragt habe, hat sie geantwortet: »Die Leute sollen sich anstrrengen.« Ihre Fantasie anstrengen, vermute ich. Man muss erraten, wer auf dem Foto ist und wo. Das Album hört bei »03. 01. 44« auf, und ich weiß, dass die Frau, die vor dem Kuchen lächelt, Mama als Zwanzigjährige ist. Danach gibt es nichts mehr, danach muss man seine Fantasie anstrengen, und das ist das Problem. Es gelingt mir nicht.

Es war ein richtiger Schock, als ich Mama am Telefon gehört habe. Vor allem, weil es ihr nicht gutging, das habe ich sofort gemerkt, sie hatte ihre atemlose Stimme, obwohl sie nicht gerannt war, das weiß ich. Wenn sie ihre atemlose Stimme hat, dann hat sie von irgendwas die Nase voll, aber sie kann nicht sagen, wovon. Sie wartet, dass ich sie frage: »Was ist los? Bekommst du keine Luft?«, aber ich frage es nicht, so eine nette Tochter bin ich nicht. Ich tue so, als würde ich es nicht merken, weil ich weiß, dass die Dinge nur existieren, wenn man sie sagt oder schreibt. Je mehr man im Leben heuchelt, desto leichter wird es. Man geht pfeifend an den größten Katastrophen der GESCHICHTE vorbei, und man merkt sich die Noten, nicht die Märtyrer. Mit ihrer atemlosen Stimme hat mich Mama gefragt, wie es mir geht, weil sie aber nicht deshalb anrief, hatte ich keine Zeit zu antworten, sie hat gleich weitergesprochen: »Ich bin sehr in Eile, Sonja. Ich habe nicht viel Zeit. Komm schnell in die Bar L'Arrivée, sie ist an der Ecke Rue Thiers und Rue Gounod, gegenüber der Post, du kannst sie nicht verfehlen.«

Ich habe aufgelegt, und mein Körper war nicht mehr aus Fleisch und Blut, er war mit Watte vollgestopft. Ich war ein ausgestopftes Tier, ich war ein schlaffer Wassersack, die Hände feucht, der Kopf schwer, ich wusste nicht, was ich tun sollte, was sollte ich Babuschka erzählen, es ist nicht so einfach, aus dem Stehgreif eine Lüge zu erfinden. Ich habe an die Badezimmertür geklopft, sie hörte mich nicht, das Wasser war voll aufgedreht und der Hahn vibrierte, deshalb habe ich geklopft und außerdem noch gebrüllt: »Hallo! Babuschka, hörst du mich? Hallo!« Meine Stimme zitterte, ich hasste es, diese Stimme zu haben, keinem Mädchen in meinem Alter zittert die Stimme, weil es mit seiner Mutter verabredet ist. Aber die meisten Mädchen in meinem Alter sind nicht mit ihrer Mutter verabredet. Ihre Mütter sind da, punktum. Das scheint übrigens auch nicht so lustig zu sein, jeden Tag. Wenn abends das Tor des Collèges aufgeht, höre ich manchmal jemanden sagen: »So ein Mist! Schon wieder meine Mutter«, und dann gibt es ein Schokocroissant, manchmal auch Ballettunterricht. Ihre Mütter tragen ihre Mappe, geben ihnen den Ballettbeutel und das Schokocroissant, alles wirkt ganz einfach, sie haben die Daten, die Orte und die Stunden im Kopf. Ich bin sicher, dass ihre Fotoalben voll sind mit Details und zärtlichen kleinen Kommentaren. Manche heben sogar die Milchzähne ihres Kindes auf, so sehr staunen sie darüber. Oder Haarsträhnen. Schühchen, Taufkleider und Bonbonschachteln mit hübschen goldenen Buchstaben. Das habe ich mal bei Noémie Legrand gesehen, ich traute meinen Augen kaum. Man würde fast annehmen, ihre Mutter kann es immer noch nicht fassen, ein Kind zu haben; sie hob alles auf, wohl um Beweise zu haben, bestimmt kniff sie sich jeden Morgen, um sicher zu sein, dass sie wirklich ein Baby zustandegebracht hatte mit allem, was dazugehört.

Nach einer Weile hat Babuschka den Hahn zugedreht, und ich habe nicht mehr umsonst geschrien, sie hat mich gehört, sie hat sehr ärgerlich die Tür aufgemacht und gesagt: »Schrrei doch nicht so, ich bin schließlich nicht taub!«; das ist der Gipfel, sie, die nie antwortet, wenn ich mit ihr rede. Es war mir peinlich, sie da im Bad zu sehen, in ihrer rosa Unterwäsche. Meine Großmutter ist runzlig, o Gott! Wie kann man so runzlig sein und sich noch auf den Beinen halten? Das Schlimmste war, dass es ihr offenbar nicht peinlich war, sie war wohl daran gewöhnt, sie fand das normal. Ich habe mich gefragt, ab wann man es normal findet, runzlig zu sein. Bei den Alten auf der Straße könnte man denken, sie sind alt geboren, sie sind immer so gewesen, das sind die Alten auf der Straße, das ist ihre Rolle. Es gibt die Mütter mit dem Schokocroissant, die auch so geboren sind und die man vor die Schultore pflanzt, und es gibt die Alten auf der Straße. Babuschka sah erschreckend aus in ihrer rosa Unterwäsche, unter der man ihre Knie sah, ich wusste nicht mehr, wo ich hinsehen soll, also habe ich ihr in die blauen Augen gestarrt, die sich seit ihrer Geburt nicht verändert haben, auch wenn sie ohne Brille nicht mehr viel taugen. Ich habe gesagt: »Ich habe mein Portemonnaie auf der Straße verloren.« Sie hat gesagt: »Auf der Strrrraße?« Es ist verrückt, wie sie das R rollt, wenn sie wütend auf mich ist. Ich habe das schuldbewusste Gesicht von jemandem aufgesetzt, der wirklich sein Portemonnaie verloren hat, ich habe mit einer Standpauke gerechnet, aber sie hat nur die blauen Augen verdreht und beim Türzumachen gesagt: »Na geh schon!«, und das war alles. Ich bin ein paar Sekunden vor der geschlossenen Tür stehen geblieben, ich habe die Fläschchen und die kleinen Türen des Arzneischranks gehört, alle Geräusche, die sie macht und die sie nicht hört.

Schon wieder hatte sie mir weder einen Zettel mit meinem Namen und meinem Vornamen in die Tasche gesteckt noch die Stoppuhr gedrückt, und ich habe mich gefragt, ob mein Name in meiner Tasche, falls mir etwas zustößt, nicht eher für sie war. Damit sie mich identifizieren kann. Angeblich verliert man mit dem Alter das Kurzzeitgedächtnis und behält nur die Erinnerung an die Vergangenheit. Sicher erinnert sich meine Großmutter deswegen besser an Anastasia als an mich. Im Alter behält man das Wesentliche.

Es war das erste Mal, dass mich Mama irgendwohin bestellte, und ich fragte mich, was sie mir zu sagen hatte. Ihre atemlose Stimme ließ nichts Gutes ahnen, ich kannte sie. Gute Gefühle machen sie nicht atemlos, sie bringen sie zum Lachen. Sie lacht und bewegt die Hand vor dem Gesicht hin und her, dabei macht sie leise »Huh huh huh!«, sie ist dreißig Jahre jünger, sie ist sehr »03.01.44«.

Das Erste, was ich in der Bar gesehen habe, war nicht meine Mutter, es war der Koffer. Ich begriff, dass die Bar zwar *Ankunft* hieß, dass sie aber wieder einmal abfahren würde. Aber ich verstand nicht, weshalb sie sich diesmal die Mühe machte, es mir anzukündigen; ich mag nichts, was ungewohnt ist, ich brauche immer unendlich viel Zeit, mich an das Ungewohnte zu gewöhnen. Sie sah müde aus, sie hatte abgenommen, und dadurch wirkte sie auch kleiner. Vielleicht bin ich auch desorientiert, weil ich bei einer zu großen Großmutter lebe. Meine Mutter war so groß wie ich, das war komisch, ich dachte, dass wir uns vielleicht ähnlich sind, und auch, dass ich mich geirrt hatte: Bevor ich Großmutter sein und sterben würde, musste ich erst ihr Alter haben, und das hat mir nicht gefallen. Das ist ein Übergangsalter, das anscheinend kompliziert und nicht sehr angenehm ist.

Sie schaukelte von einem Bein aufs andere, nichts stand still, weder ihr Lächeln noch ihre Beine, und als sie mich an sich drückte, drückte sie nicht richtig. Ich spürte ihre mageren Arme um mich, aber sie presste mich nicht, wie ich es mir gewünscht hätte. Ich hätte mir gewünscht, dass sich mich ganz festhält und ich mit einem verlegenen Lachen gesagt hätte: »Hör auf Mama, du erstickst mich!« Ich habe mich selbst nicht getraut, sie zu drücken, ich hatte Angst, sie zu zerbrechen. Ich überlegte mir, dass der Koffer bestimmt zu schwer für sie war, und gleichzeitig überlegte ich mir, dass dieser Koffer größer war als sonst.

»Willst du was trinken?«, hat sie gefragt und sich wieder hingesetzt.

»Ein Diabolo Minze.« Das klingt immer erwachsener als »Pfefferminzsirup« oder »Limonade«. Später lerne ich die Whiskysorten auswendig, im Moment übe ich die Namen der Cocktails und ihre Zutaten. Die Aussprache ist schwierig, sie haben exotische Namen, und ich höre immer zu, wenn die Leute bestellen, manchmal wollen sie einen Cocktail, aber es ist verrückt, wie viele Kaffee trinken.

Meine Mutter hat auf die Uhr gesehen, dann hat sie mich verlegen angelächelt, als wollte sie sagen: »Eijeijei, ich habe keine Zeit, das ist nicht meine Schuld, sondern die der Uhr.« Ich hatte keine Lust, es ihr einfacher zu machen. Ich hätte einfach fragen können: »Wohin fährst du? Wann geht dein Zug?«, oder sogar: »Soll ich deinen Koffer tragen?«, aber man muss ja nicht übertreiben. Ich hatte eher Lust, ihr wehzutun, zu sagen: »Mein armer Schatz! Wie russisch du manchmal bist!« Meine Mutter hasst das. Sie will Französin sein. Ganz und gar und nur Französin. Deswegen hat sie den erstbesten Franzosen geheiratet, der vorbeikam. Pech, dass er Dalla Chiesa hieß. Man darf halt keinen Franzosen aus Nizza heiraten, das sind selten echte Franzosen. »Olga Dalla Chiesa, hässlicher geht es nicht«, sagt Babuschka immer, und das ist zwar gemein, aber es stimmt.

Ich war auch gemein, aber es stimmte. Mama, immer einen Koffer in der Hand, ist sehr russisch. Meine Großmutter ist am 2. Februar 1924 mit ihrem Mann und ihrem Baby auf dem Bahnhof von Nizza angekommen, und seither ist dieser Bahnhof wie ein Magnet. Meine Mutter verbringt ihre ganze Zeit damit, in alle Züge und aus allen Zügen zu steigen, die vorbeikommen.

»Ich gehe weg, Sonja«, hat sie gesagt, »ich gehe nach Paris, verstehst du?«

»Nein, ich verstehe nicht«, habe ich gesagt, immer noch mit der heimlichen Lust, ihr wehzutun.

»Ich ersticke hier, ich ersticke! Ich halte diese zwischen Bergen und Meer eingeklemmte Stadt nicht mehr aus. Am letzten Ende von Frankreich sitzen mit … o nein! Ich habe die Nase voll von all den alten Emigranten! Wenn du wüsstest, wie sehr ich die Nase voll habe!«

Ich habe sie sofort gebremst, denn sonst, ich kenne sie, sonst geht sie durch. Das hat sie von ihrer Mutter, sie haben einen lyrischen und geschwätzigen Kummer.

»Was wirst du in Paris machen?«, habe ich gefragt, damit sie runterschaltet.

Ihre Stimme war sanfter, als sie antwortete:

»Ich habe Arbeit gefunden. Eine Freundin hat ein hübsches kleines Geschäft im Opernviertel aufgemacht.«

Ein hübsches kleines Gurkengeschäft?, hatte ich Lust zu fragen, aber das brachte ich nicht fertig, ich bringe es nie fertig, bis zum Ende gemein zu sein. Stattdessen habe ich angefangen zu weinen, was natürlich das Letzte war, das ich hätte tun sollen. Ich habe versucht, sofort wieder aufzuhören, ganz tief in den Bauch zu atmen, mir zu sagen, dass ich jemand anderes bin, an das Meer zu denken, das sich nicht um uns schert, eine kleine Zeichnung von Chagall zu sein, ganz nah bei den Sternen, aber nichts hat geholfen, ich war traurig.

»Ich wusste, dass du mich verstehen wirst«, hat sie gesagt.

Das hat mich sofort gebremst. Ich habe aufgehört zu

weinen, ich glaube, ich habe sogar aufgehört zu atmen, mein Mund stand weit offen, sie hat gesagt:

»Mach den Mund zu, das sieht dämlich aus.«

Ich habe meinen Rotz runtergeschluckt und gespürt, dass ich sie nicht mehr liebte. Ich wusste, dass es nicht lange dauern würde, ich kenne mich, aber ein paar Sekunden lang liebte ich sie nicht mehr. Das tat unheimlich gut. Die beste Methode, weniger traurig zu sein, ist nicht, tief in den Bauch zu atmen oder eine Zeichnung von Chagall zu sein, die beste Methode ist, seine Mutter ein paar Sekunden nicht mehr zu lieben. Das ist so wirkungsvoll wie zwölf Stunden hintereinander zu schlafen oder weit weg von den Schwimmern in der Sonne toter Mann zu machen.

»Sobald ich eine Wohnung gefunden habe, kommst du nach.«

Donnerwetter! Sie hat's drauf. Ich habe sie in derselben Sekunde wieder geliebt und hatte Lust, sie zu fragen: Wirklich? Wann? Bist du jetzt glücklich? Wusstest du, dass Paris auch mein Traum ist? Und es ist sehr schick, einen italienischen Namen zu haben, wenn man ein kleines Geschäft im Opernviertel aufmacht.

»Läuft es gut mit deiner Großmutter?«

Ich habe genickt. Sie hat nicht von meinem Vater gesprochen. Sie hat nie mehr von meinem Vater gesprochen. Sie hat mich ganz schnell umarmt, sie hat ihren Koffer genommen und hat sich mit dem Bein an meinem Stuhl gestoßen, sie hat bezahlt, ohne ein Trinkgeld dazulassen, und ich habe sie gefragt, ob ich sie zum Bahnhof begleiten darf.

Das erwartete sie nicht. Sie hat den Mund aufgemacht, aber sie sah nicht dämlich aus, sie sah aus wie jemand, der es nicht gewohnt ist, dass man ihn irgendwohin begleitet. »Das ist nett«, hat sie gesagt. Ich habe sie ihren Koffer tragen lassen, damit ihr die Abreise trotz allem schwer wird. Wir sind bis zum Bahnhof gegangen und haben den Bahnsteig gesucht. Die Anzeigetafel für Abfahrten schleuderte uns Städtenamen entgegen, in der Sonne, im Schnee, in Italien, in Spanien, in Deutschland, mit Anschlussverbindungen. Die Anzeigen drehten sich wie bei einem Spielautomaten. Mamas Zug war der wichtigste, der, der nach Paris Gare de Lyon ging, Paris Endbahnhof, dorthin, wo sich die Emigranten mischen, wo sich die Akzente verlieren, wo man die Großmütter ohne einen Blick überholen kann, wo die Metros aus der Erde kommen und über Brücken fahren, wo die Theater von den Boulevards heruntersteigen und in den Kellern verschwinden; es gibt Restaurants im Eiffelturm, Pferde auf den Champs-Élysées, Tiger im Jardin des Plantes, einen Wal am Boulevard Rochechouart, Schiffe an der Bastille, Zauberer im Musée Grévin, Freiheitsstatuen; es gibt Kathedralen, eine große Moschee und Synagogen, alles gibt es, alles ist möglich in Paris.

»Vor allem kein Wort zu deiner Großmutter«, hat sie gesagt, ehe sie in den Zug gestiegen ist, und dann hat sie mich angesehen, es hat einen Moment gedauert, sie hat gezögert, und ich glaube, sie wird es nie fertigbringen.

Dabei war es die ideale Gelegenheit, der ideale Moment. Zum Ausgleich habe ich mir gesagt, dass Manderley in dieser Nacht ein Bahnhof sein würde, wo inmitten des Stimmengewirrs, der Ansagen und der Pfiffe eine Mutter imstande wäre, nur mit den Augen »Ich hab dich lieb« zu sagen.

»Pass auf dich auf«, hat sie gesagt.

Sie ist zu ihrem Abteil gegangen, ich habe sie nicht mehr gesehen. Sie war mit einem der Sätze verschwunden, den ich am meisten hasse. Ich passe nicht auf mich auf. Das macht Babuschka schon für mich. Und mit welchem Recht gibt sie mir Anweisungen, sie, die immer fortgeht?

ALSO HABE ICH MICH AUF EINE BANK im Bahnhof gesetzt, dieser Ort, wo man nirgends zu sein glaubt, aber überallhin fahren kann. Dieser Ort, wo man endlich leben kann, wie meine Mutter, oder beschließt zu sterben, wie Anna Karenina und alle anderen, deren Kummer schwerer ist als das Leben. Ich habe an die Ameisen gedacht, die das Zehnfache ihres Körpergewichts tragen können, und ich habe mich gefragt, wie viel Kummer ein Mensch tragen kann, ehe er stürzt. Ich dachte in dicsem Moment nicht mal daran, dass über mir vielleicht meine Freundin Suzanne in ihrem dunklen Zimmer saß und dass ihr Vater Mamas Zug abfahren ließ. Ich habe den Zug abfahren sehen, Mama war nicht unter denen, die sich mit wehem Herz und zitterndem Taschentuch aus dem Fenster lehnen, ich kenne sie; sie war wohl dabei, zum letzten Mal die Hügel, die Berge, die große Sonne am weißen Himmel und all die Russen anzusehen, die sich an der Côte d'Azur niedergelassen hatten, die Vornehmen von Cap d'Antibes und die Armen von La Favière im Lavandou, die Vereine, die Clubs, die Kabaretts, den Friedhof von Caucade, die Kapellen und die orthodoxe Kathedrale, alle kleinen Stückchen Russland, wie Ableger, die bald eingehen. »Die nostalgischen Emigranten haben Dreck an den Schuhen.« Das sagt Mama zu Babuschka, sie wirft ihr vor, dass ihr russische Erde an den Stiefeln klebt; ich finde das nicht schlimm, ich finde es sogar hübsch, die rote und trockene Erde der Côte d'Azur mit der Feuchtigkeit von Petersburg zu mischen.

Ich habe ihren Zug wegfahren sehen, ich habe die Lokomotive schnaufend anfahren hören, und dann der Windzug, die Geschwindigkeit der letzten Wagen, der leere Bahnsteig. Die Ruhe hat ein paar Minuten gedauert, und in dieser Ruhe habe ich verstanden, dass Mama recht hatte: Nizza ist die letzte Stadt vor dem Ende von Frankreich, Nizza ist eine Stadt ganz am Ende eines Landes, und man braucht keine Angst mehr zu haben, sich mitten hineinzustürzen. Es ist nicht schlimm, sich von den Grenzen zu entfernen, in unbekannte Landschaften einzutauchen, Landschaften, mit denen man keine Familie, keine Geschichte, keinerlei Erinnerungen verbindet. Man wird nach Ähnlichkeiten mit den Orten suchen, die man liebt, und man wird welche finden; das ist wie mit den Babys, man hat keinen Bezug zu einem Baby, und sofort entdeckt man bei ihm Ähnlichkeiten, man verbindet es mit etwas Anderem, damit es weniger neu ist und interessanter wird. Vielleicht gibt es im Opernviertel einen Blumenmarkt und die Düfte treffen Mama ins Herz, sie wird feststellen, dass auch an ihren Stiefeln Erde klebt, und sie wird ihre Mutter lieber haben. Von dem Tag an, wo das Opernviertel sie an den Cours Saleya erinnert, werden sie sich weniger streiten, da bin ich ganz sicher.

Aber erst mal war sie weg. Ich stellte mir vor, wie sie in dem Abteil saß, über der Gepäckablage hingen alte Fotos von Chamonix oder vom Mont Saint-Michel, sie feilte sich die Nägel und setzte die Miene einer Pariserin auf, die ein hübsches kleines Geschäft im Opernviertel hat. Natürlich gibt es in dem Viertel Ballettschulen. Natürlich gibt es pünktliche Mütter mit Ballettbeuteln und Schokocroissants. Vielleicht wird sich Mama anstecken lassen. Wenn das wahr ist, was sie sagt. Wenn sie wirklich will, dass ich nachkomme.

Und da ist mir bewusst geworden, dass ich meine Eltern nie mehr zusammen sehen werde. Nie mehr werde ich sie nebeneinander sehen, nie mehr werde ich sie gleichzeitig rufen: »Papa! Mama!«, wie zwei aneinandergeklebte Namen »Papamama!«, ein Satzanfang, mein erstes Wort. Das ist wie mit den Revolutionen, die Namen wechseln. Ich bin kein nostalgisches Kind, aber das plötzliche Verschwinden dieses Namens hat mich ganz schön umgehauen, vor allem, es in diesem Bahnhof zu begreifen, als hätte meine Mutter das Wort in ihren Koffer gesteckt. Und gleichzeitig weiß ich, dass wir nicht so sind wie andere Familien. Wir waren nie wie sie. Bei uns werden die Koffer zum Beispiel nie für mehrere gepackt. Jeder fährt in seine Richtung und ganz allein. Ich bin einmal mit meinen Eltern weggefahren. Für einen einzigen Tag. Wir hatten kein Gepäck, nur einen Korb für das Picknick. Wir haben die Nationalstraße 7 nach Aix-en-Provence genommen. Wir saßen alle drei in dem Peugeot 404, und vielleicht hätten wir ein Foto machen müssen, darunter hätten wir geschrieben: »Eine französische Familie auf der Nationalstraße 7«, solche Lügen, die wir als Erinnerung bewahrt hätten. Wir haben kein Album, wir sind weit davon entfernt, den Romanows zu ähneln, die sehr fotogen sind und Alben mit Bildunterschriften haben, so schön wie Buchtitel oder Kapitelanfänge: »Eine Kreuzfahrt auf der *Standart* entlang der baltischen Küste. Bei einem Landgang lässt sich Olga von ihrer Gouvernante frisieren«, »Zarskoje Zelo. Eine der Lieblingsbeschäftigungen des Zarewitsch Alexej ist das Füttern des Elefanten im Tierpark des Zaren«. Ich kenne sie auswendig. Ich habe sie mir seit Urzeiten so oft bei meiner Großmutter angesehen, dass es mir vorkommt, als hätte ich die Bildunterschriften selbst verfasst, nur dass es ein Buch ist und dass niemand an mich gedacht hat, als es geschrieben wurde. Am liebsten lese ich alles, was Anastasia betrifft, dann bekomme ich vielleicht eine Vorstellung davon, was aus ihr geworden ist, das kann helfen, ihr Geheimnis zu verstehen. »Anastasia läuft auf den zugefrorenen Teichen im Palastgarten Schlittschuh; Anastasia flicht einen Blumenkranz; Anastasia ist für die Ausfahrt angekleidet; Anastasia hat sich falsche Zähne eingesetzt und schielt; Anastasia raucht neben einem Heuschober«. Dann werden die Fotos weniger romantisch: »Trotz des Kriegs geht das Leben weiter«, »Die Kaiserlichen Hoheiten arbeiten im Gemüsegarten unter dem Blick des wachhabenden Kommandanten und der Soldaten«, »Die Gefangenen Romanow haben die Grenze ihres Gutes erreicht«.

Ende des Albums. Dann das Foto in *Historia*. Nicht das von Ingrid Bergman. Das von dem zu kleinen Zimmer. Wenn die Wände Ohren haben, muss dieser Wand das Trommelfell geplatzt sein. Das unterirdische Zimmer, in dem man ihnen ihr Todesurteil verlesen hat, war zu klein, um fünf Kinder umzubringen. Um fünf Kinder umzubringen, braucht man allen Raum der Welt, die vier Himmelsrichtungen und den Mittelpunkt der Erde dazu. Die fünf Kontinente, die fünfte Dimension, die fünf Sinne, alles, was unvorstellbar, unberechenbar und unsichtbar ist. Und ein kleines Gebet, weil die Mauer einstürzen wird und das Haus zur besonderen Verwendung von Feuchtigkeit und Blut zerfressen ist.

Ich bin mit meinen Eltern lange auf der Nationalstraße 7 gefahren. Ohne etwas zu sagen. Wir haben das Esterel durchquert, dort, wo sich die Liebespaare am Rand der Felsen fotografieren, ohne miteinander zu sprechen. Wir sind an den roten Felsen entlanggefahren, die von riesigen Eisennetzen gehalten werden, wir haben leere Weinstöcke gesehen, wir haben im Kiefernwald angehalten, um Pipi zu machen und Eier zu essen, ohne ein Wort. Nicht mal »Das ist hoch das ist schön das ist rot das ist grün«, nein, nichts. Wir haben hässliche Dörfer durchquert, Le Muy, Le Luc, Brignoles, ohne wenigstens zu sagen »Das ist hässlich«. Der 404 hielt an den roten Ampeln der Hauptstraßen mit Apotheken an der Ecke, Bars, Plätzen mit kranken Platanen und darunter alte Männer, die

Petanque spielten, und auch da haben wir keinen Mucks gesagt. Nicht mal: »O la la, da möchte ich nicht wohnen, was für ein Kaff.« Wir haben all die hässlichen Orte so schnell wie möglich durchquert, um uns zu beeilen, sie zu vergessen, und sicher zu sein, nie mehr zurückzukehren.

Und wir werden niemals dorthin zurückkehren.

Niemals wird man schreiben: »Sonja kleidet sich für eine Ausfahrt an«, »Sonja liegt nach dem Picknick unter den Kiefern«. Nach dem, was ich am Abend vor der Fahrt nach Aix gehört hatte, wollte Papa unbedingt, dass wir zu dritt hinfahren, dass wir einmal »Familie« spielen. Es ging um einen Notar und eine Hütte in der Nähe von Méreuil. »Du lässt dich übers Ohr hauen! Du lässt dich übers Ohr hauen!«, sagte Mama am Vorabend immer wieder und drehte den Ton des Fernsehers lauter; ich erinnere mich, es kam *Heute Abend ins Theater*, und ich weiß nicht, ob sie mit meinem Vater sprach oder mit dem Schauspieler im Morgenrock, dem eine Frau Lügen auftischte. Ich denke, sie sprach mehr mit meinem Vater, denn als wir am nächsten Tag in Aix wieder ins Auto stiegen, schrie sie ihn an: »Ich hatte es dir ja gesagt!«, und knallte die Autotür zu. Wir sind im Dunkeln zurückgefahren. Es war kalt im Auto. Brignoles. Le Luc. Le Muy. Man sah nur die Ampeln und die Leuchtschrift der Apotheken an der Ecke. Insekten klebten an den Scheinwerfern, zerplatzten auf der Windschutzscheibe; wir sprachen immer noch nicht. Niedrige Weinstöcke. Das Esterel und die unsichtbaren Gefahren. Die Lichter der Corniche, die Blätter der Palmen, die im

Licht der Laternen tanzen. Das Meer, das man hört, ohne es zu sehen. Der Wind und die Papierfetzen, die über die Bürgersteige fliegen. Der Geruch der Mülltonnen, als wir aus dem Auto gestiegen sind. Die Katzen auf den Dächern und die kalten Sterne darüber. Dahinter die Berge und der Schnee und die Menschen, die in warmen Betten schlafen, die sich umarmen, sich »Gute Nacht, mein Schatz« sagen und sich vorsichtig umdrehen, um den anderen nicht zu stören.

Ich werde meine Eltern nie mehr zusammen sehen.

Was tat ich da auf dieser Bank? Ein anderer Zug stand schon am Platz von Mamas. Ein Zug, der nicht ins Opernviertel fuhr. Ein fürstlicher Zug, ein Kaiserzug, ein Viehzug, ein plombierter Zug, ein Revolutionärszug, ein Nazizug, ein Propagandazug, ein Sonderzug, was ging mich das an? Meine Mutter hatte mir keine Adresse oder Telefonnummer dagelassen. Ich wollte die Sekunden wiederfinden, wo ich aufgehört hatte, sie zu lieben, wo ich angefangen hatte zu atmen. Sie wollte ich nicht mehr. Sie hatte mir mein erstes Wort genommen: »Papamama.« Ich wollte sie nicht mehr.

Und da bin ich gerannt, ich bin gerannt wie eine Verrückte, bis zu Babuschka. Ich wollte sie sehen, mich entschuldigen, weil ich zu lange weggewesen war, ich hoffte, dass sie sich nicht allzu viel Sorgen gemacht hatte, dass sie vor allem nicht meinen Vater angerufen hatte. Ich wollte die Großmutter wiedersehen, die immer da war, in ihrer gebohnerten, dunklen und ein bisschen schmutzigen Wohnung, mit dem Geruch nach Milchkaffee, getoastetem Brot, Reispuder. Dem Geruch nach Karten, nach geschlossenen Räumen, nach Lack und dem Haarspray Elnett. Ich bin durch die Mittagssonne gerannt, das Wasser floss an meinen Beinen runter, als wäre ich durch einen Bach gewatet, die Sonne stürzte auf mich herab; ich bin die Rue Gounod runtergerannt wie einen Bergpfad, einen gefährlichen Abhang, der zur Stadt hinunterführt. Ich wollte Babuschka wiedersehen, das Zimmer mit dem kleinen Bett, die Ikone der Jungfrau, die Geheimnisse der Revolution. Ich rannte durch die Straßen, durch die sie und ich sonst tippelten, und ich rannte die Zeit zurück, ich überholte uns, ich überrundete unsere täglichen Spaziergänge, unsere schwierigen Tage, um gemeinsam gegen das Alter, das Sich-gehen-lassen und den Sturz zu kämpfen. Ich wollte die ganze verlorene Zeit aufholen, in der ich vergeblich auf eine Mutter wartete, die Schuhe ohne Erde trägt.

Ich rannte zu meiner Großmutter.

Ich hoffte, dass sie den Tisch gedeckt hatte und dass sie eine Patience legte, während sie auf mich wartete, während ein Omelette auf ganz kleiner Flamme briet, mit Pilzen vom Markt.

Ich rannte, ohne zu wissen, dass ich gerade alles in die Luft gejagt hatte.

Alles war anders. An diesem Tag hat sich die Wohnung durch meine Schuld verwandelt. Ich hatte meine Großmutter nicht schützen können. Ich hatte ihre Ängste vergessen, hatte vergessen, wie sie die Zeit zählt, sie in kleine Sorgenscheiben teilt. Ich hatte auf einem Bahnhof rumgebummelt, und dabei gab es gar keinen Grund. Niemand hatte mir durch das Zugfenster Auf Wiedersehen gesagt, und ich hatte auch keinen Koffer. Es ist nicht sehr schlau, reglos in einem Bahnhof rumzusitzen, wenn sich ringsherum alles bewegt. Ich war wie ein Schwachkopf sitzen geblieben, mit diesem Stein ganz unten im Bauch, der mich am Aufstehen hinderte, aber inzwischen vergingen ein paar Straßen entfernt die Stunden nicht in derselben Geschwindigkeit. Sie waren größer, ausgefüllt mit verrückten Fragen. Jede Stunde, die verging, brachte ihr Maß an Gefahren, und Babuschka war nur noch ein großer Körper voller Verzweiflung.

Nachdem ich, verfolgt von der Sonne, durch die Straßen gerannt war, kam ich schweißnass bei ihr an. Ich hatte überall Wasser, ich war gesalzen vom Schweiß, sogar meine Haare trieften. Ich fühlte mich klebrig, und ich hatte Durst. Der erste Schock, als ich die Treppe hochkam, war die Tür. Sie war weder geschlossen noch offen. Ich wusste sofort, dass das unnormal, ungewöhnlich war, und, da Babuschkas Leben nur eine Folge von Gewohnheiten ist, dass eine Gefahr drohte. Ich ging rein und sah Mimine und außerdem Gérard, den fetten Sohn von Madame Claudine. Irgendetwas sagte mir, dass ich mich in der Etage geirrt hatte, trotz der Möbel, der Pflanzen, der Gerüche meiner Großmutter, das passte einfach nicht mit der Wirklichkeit zusammen. Ich hörte Stimmen, die nicht in die Wohnung gehörten, und ich dachte daran, dass ich mein Bett nicht gemacht hatte, ehe ich ging. Ich hatte auch das Frühstücksgeschirr nicht abgewaschen, was würde man von mir denken? Ich habe einen Haufen dummes Zeug gedacht, um das Wesentliche noch ein kleines bisschen wegzuschieben.

Gérard hat mich angesehen, als wäre ich nicht da, er hat sich runtergebeugt, um Mimine zu streicheln, und er hat geschrien: »Ich muss weg, Mama!« Aus der Tiefe der Wohnung antwortete seine Mutter:

»Geh ruhig, Gégé, und sei vorsichtig!«

»Ja, ja«, hat er seufzend gesagt. Ich habe mich vor ihm aufgebaut, er hat mich angesehen, als sei ich die Quelle all seines Ärgers, und hat mit verächtlicher Missbilligung gefragt:

»Sag mir nicht, dass du das bist!«

Ich wusste nicht, was ich antworten sollte. Ich war sicher, dass ich durchaus ich war, aber da alles andere ringsum nicht passte, wusste ich nicht mehr, wie es um mich stand.

»Hä?«, habe ich so verdattert gefragt, als wäre ich gerade aufgewacht.

»So was auch!«, hat er zwischen seinen kleinen Zähnen hindurchgezischt, die sich in dem fetten Gesicht zwischen den schlaffen Wangen und seinem Dreifachkinn verloren. Dann hat er gebrüllt:

»Wie's aussieht, hab ich die Göre gefunden!«

Und ist gegangen. Warum »Wie's aussieht«? Plötzlich war mir kalt. Der Schweiß verwandelte sich in Eiswasser, aber ich hatte immer noch Durst. Mimine begann zu jaulen. Sie hob ihre Schnauze zu mir, sie hielt es nicht länger aus, auf dem Fußboden zu sein, ich habe sie nicht hochgehoben. Ich habe sogar gedacht: »Heul nur, dummes Stück!« Was gar nicht typisch für mich ist, ich mag Hunde gern, und es gefällt mir nicht, wenn sie unglücklich sind. Mimine kann keine Gedanken lesen und hat weiter gebettelt, dass ich sie aufnehme. Madame Claudine platzte herein, sie kam aus Babuschkas Schlafzimmer. Sie hat mich angesehen, als habe endlich die Stunde der Rache geschlagen.

»So was auch!«, hat sie gesagt, und ihre Nasenflügel haben sich wütend und zugleich triumphierend gebläht.

»Wo ist meine Großmutter?«

»Deine Großmutter? Ach ja? Deine Großmutter?«

Das war schlimmer, als wenn sie mit dem Scheuerlappen wischt und ich auf Zehenspitzen gehe. Denn jetzt verstand ich nicht, was ich Böses getan hatte. Natürlich abgesehen davon, dass ich gelogen hatte, ich hatte mein Portemonnaie nicht auf der Straße verloren, und dass ich zu lange draußen gewesen war für eine Großmutter, die sich jeden Tag, den Gott werden lässt, vor den Sowjets fürchtet. Aber ich hatte meiner Großmutter keinen Dolch in den Rücken gejagt, ich hatte weder Vater noch Mutter getötet, noch gestohlen, noch Ehebruch begangen, all die Gebote, die sie mir regelmäßig wiederholt.

»Geht es ihr gut?«, habe ich gefragt, als hätte die Concierge gerade eine Notoperation durchgeführt, und ich ärgerte mich, dieser Bürgersteigputzerin solche Bedeutung beizumessen, aber sie stand da, als sei sie hier zu Hause, und ich wusste nicht mehr wohin.

Sie hat sich Zeit gelassen, um mir zu antworten, und seltsamerweise hat mich das beruhigt. Sie gehört zu den Leuten, denen der Tod Angst macht. Wenn Babuschka tot wäre, hätte sich Madame Claudine in ihrer Wohnung eingeschlossen und die Kette vorgelegt, um durch den Spion die Leichenträger vorbeigehen zu sehen. Unfähig, dem Tod ins Gesicht zu sehen. Nicht wie ich. Das verkniffene Gesicht der Concierge bedeutete, dass Babuschka lebte. Ich wusste nicht, in welchem Zustand, aber sie lebte, das war entscheidend.

»So ein Missgeschick!«, hat sie mich angeschnauzt, und ich habe gesehen, wie froh sie war, jemanden anschnauzen zu können. »Und wenn ich nicht da gewesen wär, na? Was wär dann mit der Oma passiert, na?«

Ich spürte, wie ich eine andere wurde. Angesichts dieser französischen Concierge, die Mascha Sergejewna »Oma« nannte, habe ich zum ersten Mal im Leben gespürt, dass ich Kraft hatte, und weil meine Großmutter keine »Oma« war, konnte ich keine »Göre« sein, dieser ganze Quatsch, um uns alle gleichzumachen.

Madame Claudine hat sofort gespürt, dass ich sie nicht mochte und dass sie mir obendrein keine Angst machte. Ich setzte gerade an, ihr wie in den großen Romanen des 19. Jahrhunderts ein herablassendes »Ich danke Ihnen, Sie können gehen« entgegenzuschleudern, als ich Monsieur Tara sah. Hier. Bei meiner Großmutter. Monsieur Tara. Im Wohnzimmer. Neben dem Schreibtisch meines Großvaters. Da bin ich wieder klein geworden. Und wehrlos. Nur ein Gefühl von Entsetzen und Sakrileg. Er legte seine dicken Wurstfinger auf Djeduschkas große, runde, graue Rechenmaschine. Neben ihm stand ein anderer Mann, ein komischer Typ, dem ich ein, zwei Mal auf der Straße begegnet war ... Was machten sie im Wohnzimmer? Sie sprachen miteinander und schielten auf die Maschine, als wollten sie sie kaufen und zögerten noch wegen des Preises. Madame Claudine hat gesehen, dass ich mich nicht mehr für sie interessierte, das hat sie geärgert, deshalb setzte sie noch eins drauf:

»Jetzt seht mal zu, wie ihr klarkommt, na!«

Sie wollte sich wichtig machen, indem sie mir Ärger machte.

»Wie geht es meiner Großmutter?«, habe ich leise

gefragt, ohne die beiden Männer aus den Augen zu lassen.

»Man wird wohl den Arzt rufen müssen, na!«

»Den Arzt?«

Ich unterbrach die Überwachung von Monsieur Tara und seinem Komplizen für eine Viertelsekunde, so sehr tat es mir weh. Madame Claudine stürzte sich glücklich auf meine Sorge, sie konnte ihre Freude nicht mehr verbergen und lächelte ungewollt.

»O nein, die Wunde ist gar nicht schön, na!«

Ich verstand gar nichts mehr. In Babuschkas Wohnung hatte sich alles geändert. Es gab neue Worte, neue Menschen, ich erkannte nichts wieder, als hätte jemand die Möbel verrückt und die Größe der Räume verwandelt. Und was war das genau, eine »gar nicht schöne« Wunde? Ich hätte am liebsten Madame Claudine weggeschubst und wäre zu Babuschka gerannt, aber ich konnte mich nicht rühren, ich wollte die beiden Männer nicht ohne Überwachung im Wohnzimmer neben Djeduschkas Schreibtisch lassen. Ich stand in der Diele, zerrissen zwischen zwei Ängsten, und wusste nicht, was ich tun sollte. Mimine war jetzt in den Armen von Monsieur Tara, sie war in Höhe der Rechenmaschine und hat geschnüffelt, als würde sie überlegen, ob sie draufpinkeln sollte. Ich wollte hingehen. Aber was war das genau, eine »gar nicht schöne« Wunde? Monsieur Tara hat zu dem komischen Typen gesagt: »Das ist obsolet.« Auch da wusste ich nicht, was das heißen sollte. Und der andere hat geantwortet: »Absolut.« Sie sprachen von der Rechenmaschine. Die Concierge hat gebrüllt: »Gut, ich geh dann, Madame Serg …« Sie hat gezögert, wusste nicht, wie man das Russische ausspricht, erstickte fast an dem Wort, und weil sie das Gesicht wahren wollte, schrie sie noch lauter: »Ich geh dann mal!« Niemand hat ihr geantwortet, also hat sie für sich selbst weitergebrabbelt, sie ist gegangen und hat gesagt: »Pfff! Es gibt keine Mittagspause mehr! Es gibt keine Mittagspause mehr in diesem Beruf. Es gibt keine Mittagspause mehr.« Ich habe die Tür hinter ihr zugemacht. Ich hatte genug von dieser Tür, die jeden hereinließ. »Obsolet« … Das konnte was mit »obskur« zu tun haben, ein Wort, das gut zu Monsieur Tara passt – und auch die Funktionsweise der tonnenschweren Rechenmaschine lag im Dunkeln, hoffentlich hatten sie nicht versucht, sie hochzuheben und mitzunehmen!

Ich stand in der Diele, zögerte zwischen Schlaf- und Wohnzimmer, zwischen meiner verletzten Großmutter mit einer »gar nicht schönen« Wunde und dem Geist meines Großvaters, der im Begriff war, von der Nachbarschaft ausgeraubt zu werden. Ich habe gezögert, dann bin ich ins Wohnzimmer gegangen. Ich habe gesagt: »Sie gehört meinem Großvater«, als wäre er noch am Leben. Darauf haben sie reagiert. Sie sind sofort einen Schritt zurückgetreten, und die Hündin hat angefangen zu kläffen, Monsieur Tara hat sein bordeauxrotes Tuch zurechtgerückt und gesagt: »Keine Angst, Mimine, keine Angst.« Es war verrückt, wie die mögliche Anwesenheit meines Großvaters die Lage änderte. Sogleich hatten sie weniger Anrecht auf die obsolete Rechenmaschine. Sie verlagerten ihr Interesse und fingen seelenruhig an zu plaudern, als hätte ich sie eingeladen und sie warteten auf den Cocktail.

»Haben Sie die Adresse von einem Arzt?«, habe ich sie gefragt, um sie in die Wirklichkeit zurückzuholen.

Der komische Typ, den ich zwei, drei Mal auf der Straße getroffen hatte, hat gesagt:

»Wir können doch nicht alles machen! Wissen Sie, in welchem Zustand wir sie gefunden haben? Ist das Ihre Oma? Na, sie wollte nicht mal, dass wir den Notarzt rufen! Gut. Ein Tragesitz! Wunderbar, Monsieur Tara und ich haben den Tragesitz gemacht, aber ich will keine Schwierigkeiten, was, mir reicht's, diese Wunde, sie ist gar nicht schön, und Dienstags esse ich immer mit meiner Schwester, ich habe sie ganz allein gelassen, ich habe gesagt: Fang schon mal ohne mich mit der Pissaladière an, Mireille, ist das zu glauben?«

Ich bin ins Schlafzimmer meiner Großmutter gerannt, als Monsieur Tara ihn gerade fragte, wie er es schafft, so einen Zwiebelkuchen zu verdauen, wo doch die Zwiebeln nie richtig durch sind.

Babuschka lag auf ihrem Bett. Ihre weit geöffneten Augen starrten geradeaus, vielleicht auf ihr Bild im Spiegel des Schrankes gegenüber vom Bett. Sie sahen die große müde Frau, die die Nachbarn und die Concierge dort hingelegt hatten, diese alte, so alte Russin, voll mit ihrem ganzen

Alter, all ihren durcheinandergeworfenen Jahren, ihrem Leben im Widerstand.

Ich bin leise zu ihr gegangen. Ich habe mich ein ganz kleines bisschen auf ihre Bettkante gesetzt. Sie hat den Kopf zu mir gedreht: Ihre Wange war blau. Wie ihre Augen. Ich habe angefangen zu weinen, erschrocken über diesen blauen Fleck. Sie hat mich sehr müde angesehen, als käme sie von ganz weit her, und hat gesagt:

»Es hilft garr nichts zu weinen, Sonjetschka.«

Aber das war kein Befehl, eher eine müde Freundlichkeit.

»Ich habe mein Portemonnaie nicht wiedergefunden.«

Ich hatte nicht das Gefühl zu lügen, als ich das sagte, ich spürte deutlich, dass ich etwas Wertvolles verloren hatte, etwas, das niemals wiederkommen würde. Sie stieß einen langen, schweren Seufzer aus, sie verstand, was ich sagen wollte.

Ich habe wieder ihre blaue Wange angesehen und aufgehört zu weinen; wenn es das war, was sie eine »gar nicht schöne« Wunde nannten, hatten sie keine Ahnung. Ich werde ein bisschen Eis drauflegen und sie fragen, ob sie Schokolade will, wenn sie »Ja« sagt, ist es ein kleines, harmloses Wehwehchen. (Das war, als ich klein war, Mamas Methode, sich zu vergewissern, dass es trotz meines Gebrülls keinen Grund gab, den Rettungswagen zu rufen.)

»Willst du Schokolade?«, habe ich gefragt.

»Was?«

»Nichts.«

Sie hat den Kopf gehoben, Monsieur Tara stand auf der Schwelle.

»Wir gehen dann, Madame Sergejewna«, hat er gesagt und das Sergejewna richtig ausgesprochen, man merkte sofort, dass er Sprecherzieher war. Es klang so, als würde er eine Übung wiederholen.

»Danke sehrr, Monsieur Tarra«, hat sie gesagt und versucht zu lächeln, aber es gelang ihr nicht, sie starrte auf sein bordeauxrotes Tuch. Er hat das Geheimnis gespürt, das auf ihm lastete, und leise hinzugefügt:

»Ich gehe dann ... Ich habe zu tun ...«

Der Frauenmörder Landru sah bestimmt nicht sadistischer aus, wenn er den Ofen anheizte.

Ich habe sie beide gehen gehört, ihn und den komischen Kerl, den seine Schwester wahrscheinlich schimpfend vor einer kalten Pissaladière erwartete.

Die Wohnungstür fiel ins Schloss.

Sie waren alle weg.

Es war die gleiche große Ruhe, wie als der Zug abgefahren war. Eine kalte Ruhe, die machte, dass man die Stille hörte, und etwas Unnormales lag in der Luft. Da hat Babuschka ein bisschen den Rand ihres Rocks hochgezogen. Sie hat »Au ... O weh ... Au ...« gestöhnt, und ich habe hingesehen. Ihr Bein hatte ein großes rotes Loch, am Rand hingen überall Hautfetzen. Mir war übel, aber in meinem Kopf sagte eine leise Stimme: »Sieh genau hin, Sonja, sieh genau hin«, ich bekam keine Luft und mir war kalt in meinen nassen Sachen.

»Wo warst du, Sonjetschka?«

Das war nicht der richtige Moment, ihr zu erzählen, dass ihre Tochter endgültig abgehauen war, außerdem hatte sie mir verboten, davon zu sprechen. Ich zuckte die Schultern, weil ich nicht wusste, weil ich wirklich nicht wusste, wo ich war.

Dann sahen wir uns eine Weile schweigend an, sie wirkte zerbrechlicher, etwas verloren, ich fühlte mich älter und schwerer. Ich saß zum ersten Mal auf ihrem Bett. Ich hatte mich nie getraut, richtig in ihr Schlafzimmer zu kommen, und sie hatte mich nie dazu aufgefordert. Es gab lauter Sachen ringsum, die ich nicht kannte. Fotos vor den Spiegeln, Medikamentenschachteln, überall Bücherstapel, Hefte auf der Erde, mir war nie bewusst gewesen, in welcher Unordnung meine Großmutter lebte.

Und dann hat sie die Augen zugemacht.

Ich habe gesagt: »Entschuldige!« Und habe mich weiter im Zimmer umgesehen. Oben auf dem Schrank lagen zwei riesige braune Koffer. Alte, unmoderne Koffer. Mit kleinen Schildern an den Griffen. Ich stellte mir die behandschuhte Hand meiner Großmutter vor, als sie Russland verließ. Und die meines Großvaters, der die Flucht schon bedauerte, ehe der Zug abgefahren war. Ich stellte mir ihre Namen auf den Schildern vor, in lateinischen Buchstaben geschrieben, um die Grenze überqueren zu können. Ich stellte mir das eingemummelte Baby vor, das meine Mutter war. Den ganzen langen Weg, der sie bis zu mir geführt hatte.

Und dann hörte ich:

»Sonjetschka …«

Ich habe mich ihr zugewandt, sie ließ die Augen geschlossen.

»Ja, Babuschka?«

Sie hat eine lange Pause gemacht, und dann mit sehr tiefer Stimme, fast einer Männerstimme, geflüstert:

»Ich bin auf der Strraße gestürzt.«

Meine Grossmutter wollte nichts von einem Arzt wissen, für sie sind Ärzte nur Wegweiser, die Richtung Krankenhaus zeigen, nachdem sie horrende Honorare verlangt haben. Sie sind die Gesandten eines Gesundheitsministeriums, das keine Kranken auf der Straße rumhängen sehen will und sie lieber in Kliniken und Pflegeheimen konzentriert, wo sie nummeriert, desinfiziert und demoralisiert werden.

Sie hat mir ihr Portemonnaie anvertraut, damit ich zur Apotheke gehe, um Kompressen und Heftpflaster zu kaufen, vom Perubalsam hat sie immer eine Flasche im Haus, die Haltbarkeit ist seit einem Jahr abgelaufen, aber sie hat gesagt: »Perubalsam ist wie französisches Parfum, es läuft nicht ab!« Ich habe ihre Worte nicht angezweifelt, auch wenn ich finde, dass Perubalsam, abgelaufen oder nicht, immer den gleichen widerlich schweren, dicken, süßen Lakritzgeruch hat. Ich bevorzuge bei weitem ihr N° 5, auch wenn meiner Meinung nach ein Fläschchen Perubalsam im Haus viel seltener ist als Chanel, vor allem bei einer Russin.

Als ich zur Apotheke ging, fühlte ich mich gut. Ich war froh, mich um sie zu kümmern, und seltsamerweise auch froh, dass es passiert war: Jetzt ist es so weit, sie ist auf der Straße gestürzt, na und? Es war gar nicht so dramatisch, die Höllentore hatten sich nicht gleichzeitig mit der Wunde geöffnet, ich fand sie weder älter noch näher am Tod als ein paar Stunden zuvor, als sie mit ihrer zu kurzen Unterwäsche im Bad stand, ihre Haut so runzlig wie ein nass gemachtes und in der Sonne getrocknetes Stück Papier. Ich wollte bloß nicht die ganzen Leute treffen, die bei uns rumgeschnüffelt hatten, als stünden die Möbel schon zur Versteigerung und meine Großmutter am Rand des Grabes. Aber es war die Zeit von Pissaladière und dem *Tausend-Francs-Spiel* im Fernsehen, ich habe niemanden getroffen, nur Gerüche, die sich mischten, und die Sonne, die voll aufgedreht hatte und Nizza erschlaffen ließ, noch ehe der Tag richtig angefangen hatte. Die Stadt war unterworfen, etwas benommen, die Sonne hielt sie fest im Griff, und ich war ganz zufrieden, dass Babuschka hinter heruntergelassenen Jalousien in der sanften Nacht ihres unordentlichen Zimmers in Sicherheit war.

Ich bin nicht gewohnt, um diese Zeit rauszugehen, wenn die Stadt menschenleer in grellem Licht liegt. Man könnte fast denken, alle hätten sich zu Hause verbarrikadiert und warteten darauf, dass John Wayne kommt und sie nach der Vertreibung der Gesetzlosen befreit, aber es war nur die Zeit des Mittagsquizz, der Aprikosen und der Socca-Fladen. Und während die Stadt essend wartete und Großmutter stumm litt, näherte sich meine Mutter allmählich der Kühle ihres kleinen, ruhigen Traums, fern von Russland, den alten, besorgten Emigrantinnen, den schweigenden Ehemännern und den lästigen Kindern. Ich ging zufrieden und von meiner Mission erfüllt über die glühenden Bürgersteige einer Stadt, die ich auswendig kannte. Die Straßen gehörten mir, ich hielt Großmutters Portemonnaie in der Hand, als wäre es sie selbst, die sich festklammerte, mich auch aus der Ferne hielt, und ich würde sie bestimmt nicht loslassen. Meine Mutter hat einmal beim Karneval meine Hand losgelassen; in einer Sekunde wechselte die Menge das Gesicht, das Fest wurde böse und bedrohlich; und dann, nachdem ich lachende Menschen, aneinanderklebende Liebespaare und Gruppen von Freunden, die zu viel Platz einnahmen, beiseitegeschubst hatte, nachdem ich geglaubt hatte, das Fest würde mich verschlingen, habe ich Mama wiedergefunden. Ich habe sie festgehalten und nicht mehr losgelassen. Aber sie hatte gar nicht gemerkt, dass wir uns verloren, dass ich sie gesucht und wiedergefunden hatte. Sie hatte den Unterschied nicht bemerkt, war zu sehr damit beschäftigt, immer wieder zu sagen: »Sie werden alles verbrennen! Ein Jahr Arbeit, und sie werden alles verbrennen!« Beim Karneval hört sie nicht die Fanfaren, das Geschrei, das Lachen, die Knallkörper, sie hat nur einen Gedanken im Kopf: Die Wagen und die Pappköpfe werden nur einmal benutzt. Künstler haben ein Jahr gebraucht, das alles zu schaffen, sie zeigen ihre Arbeit und dann verbrennen sie sie. War es wirklich die brennende Pappe, die sie so aufregte? Ich dachte an die Kirchen, an die von der Revolution dem Erdboden gleichgemachten Dörfer, an die zerstörten Paläste, Gemälde, Gedichte und Bücher, aber ich traute mich nicht, es ihr zu sagen. Wenn sie nicht daran dachte, war es nicht nötig, ihr zusätzliche Ängste einzuflüstern, in puncto Sorgen machen hat meine Mutter nie einen Bonus gebraucht, da versorgt sie sich sehr gut allein. Und jetzt hat sie wohl Le Luc, Brignoles, Toulon, Marseille hinter sich gelassen … vielleicht auch Lyon … Sie hat den Himmel und den Akzent gewechselt, und sie spürt, dass sie provinziell gekleidet ist, dass ihre Nägel vulgär sind und ihre Schuhe zu ausgeschnitten. Man sieht es, wenn man von woanders ist, auch bei einer Frau, die sich eifrig die Nägel feilt, man sieht es, wenn sie sich ständig fragt, ob sie in die Umgebung passt. Pech für sie.

Die Apotheke hatte geöffnet. Es war das einzige Geschäft, das um diese Zeit geöffnet hatte; ich habe mich im Schaufenster angesehen: Werde ich in dieser Stadt groß werden, werde ich zu der großen russisch-mediterranen Mischung gehören, bis alle Weißen und alle Rätsel der Geschichte verschwunden sind? Je älter ich werde, desto mehr wird all das sich verdünnen, wie Schmutzwasser im Meer, wie an den Abwasserkanälen am Strand, wo alles voller Möwen ist, die man immer meidet, wo man schreit: »Nicht dort! Nicht dort! Da ist der Abwasserkanal! Igitt!«, und man lässt sich drei Meter weiter nieder, als wäre die Hölle in drei Meter Entfernung ungefährlich.

Im Schaufenster der Apotheke hielt eine lächelnde Pappfrau mit zwei Fingern eine Valda-Pastille hoch, strahlend bei der Vorstellung, sie gleich zu verzehren; ich sah mein Spiegelbild über dieser Pappfrau, wie würde sie mit ihrer Pastille auf einem Karnevalswagen aussehen? Wie würde ich im Opernviertel aussehen, mit meinen Espadrilles, meinem geblümten Kleid und Großmutters Portemonnaie anstatt einer Handtasche?

»Bist du nicht verreist?«

Wir waren offenbar zwei zu dieser Stunde in den Straßen von Nizza, ausgerechnet Martine Duval musste ich treffen, das nette Mädchen, das niemand bemerkt, das aber immer da ist, mit ausgestreckter Hand und flehendem Lächeln; wie können Leute aus dem Collège einfach so, ohne Vorwarnung, aus ihrem Kontext heraustreten, sie sah aus wie eine verirrte Komparsin.

»Ich komme gerade aus Paris«, sagte ich mit einem Seufzer, als habe das verrückte Leben in der Hauptstadt mich total erledigt.

»Aha … deswegen … ich habe mich schon gefragt …«

»Was?«

»Warum du so blass bist.«

Martine Duval ist wirklich so ein Mädchen, das man nicht aus dem Collège herauslösen darf, sonst verliert sie ihre nette, flehende Art, um augenblicklich unverschämt zu werden, noch eine, die ihren Platz nicht kennt. Sie hat mit ihrem Akne-Kinn zur Apotheke gezeigt.

»Bist du krank?«

»Nein. Ich hatte nur gerade Lust auf eine Valda-Pastille.«

Sie hat mich angesehen, und in ihren Augen glänzte großes Unverständnis, ein Zögern, das sie schwanken ließ. Die Valda-Pastille verwirrte sie viel mehr als mein aufregendes Leben in Paris, sie hat die Pappfrau und ihr genießerisches Lächeln angesehen, dann hat sie wieder mich angesehen, um die Ähnlichkeit zu ermessen, und sie hat gesagt, dass es auf jeden Fall Mist ist, im Sommer in Nizza zu bleiben, sie kam gerade aus La Baule zurück und war im Begriff, nach Le Touquet zu fahren, gleich am nächsten Tag. Viel Spaß, dachte ich, lass mich nur allein mit den Touristen und den Kranken, verzieht euch alle ans andere Ende Frankreichs, dorthin, wo man noch den Ersten Weltkrieg, die Landung und die Salven riecht, ich tipple inzwischen weiter auf den Bürgersteigen rum und sehe die Züge abfahren. Ich war total wütend. Ich dachte an Babuschka, die auf ihre Kompressen wartete, an die ferne Welt der Rue Rossini, an die große Uhr in der Gare de Lyon, die gleich alle, die in Paris aussteigen, warnt, dass hier die Zeit superwichtig ist und mehr Platz einnimmt als anderswo.

»Meine Freunde kommen nachher aus Paris, sie wollen die Croisette und den Rocher de Monaco sehen, ich bin voll im Stress.«

»Du hast ein Pech«, hat sie gesagt.

Und mir wurde bewusst, dass ich wie eine Emigrantin sprach. Niemanden in Nizza beeindruckt man mit der Croisette oder dem Rocher de Monaco. Wenn man in Nizza lebt, besichtigt man nicht, man bräunt sich, man betrachtet nicht, man kommt und geht, man gehört halt dazu, das ist normal. Es fehlt mir an Normalität.

»Eigentlich nehme ich doch lieber Kompressen«, habe ich gesagt und der Pappfrau, die total in ihrem Verlangen nach Valda-Pastillen mumifiziert war, eine verächtliche Grimasse gezogen, dann bin ich in die Apotheke gegangen und musste nicht mal die Tür öffnen, die ganz weit aufging und freundlich summte, um mich hereinzulassen. Da war ich wenigstens an meinem Platz.

Die Zeit verging in Zeitlupe, im Rhythmus der Erneuerung der Verbände, der Mahlzeiten, von Babuschkas Versuchen aufzustehen, sich zu waschen, ein bisschen durch die Wohnung zu laufen. Die Nachbarn und die Concierge fragten mich, wie es geht, wir waren »die Oma und die Göre« geworden, ein Paar, das man nicht mehr zusammen sah, das aber zusammengehörte. Der Briefträger brachte keinen Brief vom Chefredakteur von *Historia*, nicht mal eine Postkarte von der Oper in Paris. Mama hat nie erfahren, dass Babuschka auf der Straße gestürzt war, und um sicherzugehen, dass mein Vater nicht bei uns auftaucht, hat Großmutter ihm erzählt, wir würden nach Saint-Dalmas-Valdeblore fahren, wo ihre alten Freunde, die Danilows, ein Häuschen hatten, eine Art Datscha in den Alpes-Maritimes, in einem Kaff, das ebenso schwer auszusprechen wie zu finden ist. Ich glaube, das war alles nur dazu bestimmt, meinen Vater abzulenken, der sowieso nicht viele Bezugspunkte hat, wenn es um mich geht.

Ich ging jeden Nachmittag spazieren, der berühmte tägliche Spaziergang des Sich-nicht-gehen-lassen-Programms galt noch, aber nur für mich allein. Ich nahm meinen Badeanzug und meine Creme und ging zum Strand; manchmal kam Suzanne mit, aber nicht oft, meine Strandzeiten waren die von Babuschkas Mittagsschlaf, sie hatte sich endlich resigniert in diesen schrecklichen Verfall gefügt, der sie auf das Altersniveau ihrer Freundinnen brachte: Sie schlief nach dem Essen. Das war die heißeste Zeit des Tages, und Suzannes Mutter achtete auf die vorgeschriebenen drei Stunden zwischen Essen und Baden; bis dahin war ich schon lange zurück in der Rue Rossini, mein Tag war zu Ende. Ich lebte gegen den Strom, niemals in derselben Richtung wie die anderen. Ich fing früh an und hörte früh auf. Abends, zur Zeit der Spaziergänge, die nach Jasmin und Meereswind duften, ging Babuschka ins Bett; es kam nicht infrage, dass ich auf der Straße mein Leben riskierte, wenn die Kinderdiebe auf dem Kriegspfad waren, wie sollte sie bei einem Kidnapping meinen Vater alarmieren, ohne sich zu verraten, ihn, der mich auf den Almen in Sicherheit wähnte?

Ich weiß nicht, ob Perubalsam niemals abläuft, aber die Wunde hörte nicht auf, »gar nicht schön« zu sein, und das hatte ich denn doch verstanden: Eine Wunde, die immer schwärzer wird und stärker riecht als Perubalsam, ist wirklich hässlich. Ich schnitt die kleinen Hautfetzen am Rand ab und stopfte das Loch mit sündhaft teuren Kompressen zu, aber es schloss sich nicht, ja, es hatte sogar eine leichte Tendenz, tiefer zu werden, wirklich. Obwohl ich gewappnet war und der Wunde jeden Morgen unverdrossen ins Auge sah, machte ich mir allmählich Sorgen. Babuschka weigerte sich hartnäckig, einen Arzt kommen zu lassen, und ertrug stoisch den Schmerz, wobei es mir so vorkam, als würde sie stärker humpeln und nachts schlechter schlafen.

Diese alte Frau, die sich um alles Sorgen machte, diese Russin, die von Breschnew, Andropow und sogar vom Schatten Stalins verfolgt wurde, diese Großmutter, die überzeugt war, dass die Kinder in schwarzen Autos verschwinden, in den reglosen Wellen des Mittelmeers ertrinken oder ihre Seele in der Faulheit eines gemütlichen Sonntagmorgens im Bett verlieren, diese Mascha Sergejewna, die ständig auf der Hut war, fand ihr schwarzes Bein anscheinend nicht weiter beunruhigend. Es sah so aus, als würde sie warten, dass es vorbeigeht, wie ein Gewitter, ein Novemberregen, ein jahreszeittypischer Regen, der irgendwann genauso plötzlich verschwindet, wie er gekommen ist, kein Grund, seine Gewohnheiten zu ändern, obwohl … Je mehr Zeit verging, desto enger wurde unser Leben, es schloss sich, die Wunde nicht, und unsere aktive Zeit wurde immer kürzer. Ich kaufte zwar auf dem Markt, was sie bestellte, Hering, Anchovis, Gurken, aber sie kochte immer weniger, Sakuski und Obstsalate verfaulten im Kühlschrank, ich sehnte mich fast nach der Zeit zurück, als sich ihre Freundinnen auf das Hühnchen stürzten und endlos ihre Nostalgie pflegten. Ich versuchte mich in der russischen Erzähltradition und las ihr *Die drei Schwestern* vor, entschlossen, tapfer alle drei Stimmen zu übernehmen, aber es war hoffnungslos. In der ersten Szene, noch bevor Irina Olga antworten konnte, schleuderte sie mir wie einen alten Vorwurf entgegen: »Wenn ich mir überlege, dass Lenin das Hotel Oasis mit seiner unseligen Anwesenheit beschmutzt hat! Ach! Sei still. Mach das Buch zu. Sei still.« Meine Großmutter hat sich nie damit abgefunden, dass Lenin in derselben Pension abgestiegen ist wie Tschechow, zwei Straßen von hier entfernt, eben dort, wo er *Die drei Schwestern* geschrieben hatte. Mein Spielraum wurde immer kleiner, sie war wie ein gehetztes Tier, das in allen Bewegungen des Lebens, den Veränderungen des Lichts, den Geräuschen der anderen eine Gefahr sieht. Einmal hat sie sich wegen des Fernsehers der Nachbarn erschreckt. Dabei gab es gar keinen Grund, es war nur das Spiel »Jeux interville«; die Moderatorin Simone Garnier feuerte eine junge Kuh aus Cambo-les-Bains an, während ihr Kollege Léon Zitrone nicht mehr an deren Sieg glaubte. Die beiden schrien um die Wette, und Babuschka sagte zu mir: »Ich wusste, dass er seine Frau schlägt, dieser Säufer!« Ich wurde selbst nervös und reizbar. Ich war besorgt.

Ich versuchte jeden Abend nach Manderley zu entkommen; ich weiß nicht, ob es am Geruch des Perubalsams lag, der schon lange den nach Bohnerwachs und Elnett verdrängt hatte, aber ich konnte nicht mehr träumen. Die Gebete zur Jungfrau, das Rätsel um Anastasia, alles schien zu einer früheren, fernen, verschwommenen Welt zu gehören; ich pries Anastasia und ihren heiligen Namen, während die

Ikone der Jungfrau in Manderley über die leeren, mit Laub bedeckten Tennisplätze schwebte. Ich öffnete die Fenster in meinem Zimmer zur heißesten Tageszeit, nur um des Vergnügens willen, die Schwestern Mariani Fortschritte in ihren Beschimpfungen machen zu hören, ich hatte Ausdrücke wie »Knoblauchklotz« oder »Arschbombe« gelernt, ich fand das so hübsch, dass ich mehr als einmal daran dachte, runterzugehen, um es auf ihre Hopse zu schreiben, schön groß, zwischen Erde und Himmel.

Die Zeit der Patiencen und der lyrischen Briefe in schlechtem Französisch lag weit zurück; Babuschka hatte den Spaß daran verloren, mit den Karten zu schummeln, sie hatte irgendwann von ihren Niederlagen genug bekommen, sie war weder boshaft noch störrisch, und wenn Anastasia immer noch lebte, musste sie sich ziemlich im Stich gelassen fühlen, jetzt, wo Mascha Sergejewna nicht mehr da war, um sie zu verteidigen.

An einem Freitag im August wurde alles anders. Der Tag hatte begonnen wie die anderen, mit der Sonne, die gegen die Fenster und die geschlossenen Läden drückte, dem Weinen von Babys im Hof und den Liebesliedern auf Radio Monte Carlo, der Frische der Apotheken, dem Geschrei in den Markthallen und dem blauen Blick meiner Großmutter, der jetzt verschwamm wie der eines erstaunten Babys.

Offiziell war ich losgegangen, um Butter und Zitrus-Spülmittel zu kaufen, und ich hatte mich mit Suzanne vor dem *Bon Lait* verabredet, damit sie mir das Heft von *Elle* gab, das sie von einer Bahnhofsbank mitgenommen hatte, mit der Beilage »Kleiner Spaziergang durch das Opernviertel«. Ich hoffte, zwischen den Zeilen Nachricht von meiner Mutter zu erhalten; wenn ich eines Tages hinfahre, um Rechenschaft von ihr zu verlangen, muss ich ja vorher ein paar Spuren finden, ich werde mich doch nicht unter die große Uhr an der Gare de Lyon stellen und darauf warten, dass mir die Zeiger den Weg weisen.

Ich habe Suzanne gefragt, ob sie manchmal auch Gesundheitszeitschriften mitnahm, weil ich etwas Hilfe gebrauchen könnte, um Babuschkas Wunde zu pflegen, aber da wurde sie wütend. »Ich wühl doch nicht in den Papierkörben«, hat sie mich angekeift, offenbar hatte sie nicht vergessen, dass meine Großmutter sie wie eine beliebige Passantin behandelt hatte, ein Fußgänger zu viel auf dem Bürgersteig der Rue Rossini.

»Verdaust du immer noch drei Stunden?«, habe ich in der Hoffnung gefragt, dass sie mich mal mittags an den Strand begleitet, wo ich mich schrecklich langweilte zwischen den Engländerinnen mit ihren Verbrennungen zweiten Grades und den Kindern, die Windbeutel und *Pan bagnat* aßen, das mir Appetit machte und das ich mir nie leisten konnte.

»Immer noch …«, hat sie geseufzt. Und dann hat sie gesagt: »Deine Mutter muss verdammt reich sein.«

»Warum?«

»Weißt du, was ein Kaffee im Café de la Paix kostet? Sieh nach, es steht auf Seite 62: 10,50 Francs! Und der Salat! Der Salat, sieh mal: 34 Francs ein Salat! Im Opernviertel ruinierst du dich, auch wenn du Diät machst.«

»Besser, sie isst was Leichtes, dann braucht sie wenigstens nicht drei Stunden zum Verdauen.«

»Willst du dich mit mir streiten?«

»Wie soll meine Mutter reich sein, wenn sie Emigrantin ist?«

»Na also: Du willst dich mit mir streiten!«

»Wie soll meine Mutter reich sein, sie ist Russin, sie heißt Olga! Na? Olga, verstehst du? Wie die Tochter von

Alexander II. und die von Alexander III. und von Nikolaus I., die Tochter von Nikolaus II. und die von Nikolaus von Griechenland, wie soll sich meine Mutter einen Salat für 34 Francs leisten, sie ist immer blank! Begreifst du das? Sie heißt Olga, wie die Älteste der Romanows, wie die Schwester von Irina und auch die Liebste von Tschechow, wie soll meine Mutter ins Café de la Paix gehen? Sie war im Ferienlager und in der Schule nur dank dem Geld von Wohltätigkeitsvereinen und Galas, WOHLTÄTIGKEIT, begreifst du das oder nicht, du vergammelte Meersau? Knoblauchklotz! Rotzgöre! Strohkopf!«

Ich glaube, wenn nicht die Verkäuferin aus dem *Bon Lait* aus ihrem Laden gekommen wäre und noch lauter gebrüllt hätte als ich, hätte ich den Stammbaum aller russischen Zaren runtergebetet, gemischt mit den Heldinnen der Literatur und ein paar würzigen provenzalischen Beschimpfungen, bis zur totalen Erschöpfung meiner Kräfte und meiner Fantasie.

Die Verkäuferin hat mich mit ihrer kräftigen Bäuerinnenstimme angeschrien, in ihren staubigen Laden gezogen und auf ihren eigenen Hocker hinter der Kasse gesetzt, direkt neben die Marienkäferringe, die wie erbärmliche rote und schwarze Stecknadelköpfe aussahen. Sie wiederholte immer wieder:

»O ja, Dame ... ja ja ja ... das ist ein Nervenzusammenbruch, ja ja ja ...«

Sie hat mir ein Glas Wasser gegeben, unglaublich köstliches Wasser, das aus einer Flasche kam und nicht den rostigen Geschmack des Wasserhahns bei meiner Großmutter hatte; seltsam, dass eine Verkäuferin mit so großen Flecken unter den Achseln so leichtes Wasser verkauft. Das hat mich beruhigt. Suzanne sah nicht so aus, als wäre sie mir böse, ich sah, dass sie überlegt hatte, ob sie sich davonmachen oder mir eine runterhauen soll, dann hatte sie sich bestimmt gesagt, dass ich einen slawischen Charakter habe, das hatte ich ihr einmal erklärt, der Coco Chanel und den Künstlern so gefiel, aber nicht den ungebildeten Schwachköpfen – und sie hatte kaltblütig beschlossen, eine Künstlerin zu sein, sie war meine Freundin.

»O ja, Dame ... Warum streitet ihr euch so über den Preis von meinem Salat ... Er ist schön mein Salat, o ja ja ja«, sagte die Verkäuferin, ihre dicken Hände lagen vor ihrem Bauch und die Daumen drehten sich ins Leere.

Suzanne und ich sahen auf den welken, zerschrumpelten, fast schwarzen Salat in den Kisten unter der Sonne, und wir lächelten.

Als ich in die Rue Rossini zurückkam, ging es mir viel besser. »Dame, ja!«, mein Nervenzusammenbruch hatte mir gut getan und Suzanne hatte mir versprochen, Wasserstoffperoxid und Betadine von ihrer Mutter zu mausen, die einen Medikamentenschrank so groß wie ihr Badezimmer hat, vollgestopft mit Fläschchen aller Art und Medikamenten gegen Magengeschwüre, Sodbrennen, nächtliche Panik, Regelschmerz, Morgengrauen und Valda-Pastillen im Sonderangebot.

Am Anfang dachte ich, dass sie schläft, ich wollte meine Großmutter nicht stören. Ich habe an ihre Tür geklopft, sie hat nicht geantwortet, ich bin auf Zehenspitzen weggegangen, was bescheuert ist, weil sie taub ist, habe mich aufs Sofa gelegt und angefangen, in *Elle* zu blättern. Ich fühlte mich sehr damenhaft, weil ich diese Zeitschrift las, vielleicht war ich auch ein paar Zentimeter gewachsen, weil ich Suzanne angeschrien hatte: Ich war sichtbar älter geworden. Ich verstand nicht, was Mama an diesem Viertel mit Boulevards, Laternen und gigantischen, klobigen Denkmälern fand; wenn es poetische Ecken gab, so waren sie nicht in der Reportage, wo hatte sie ihr hübsches kleines Geschäft und ihre Freundin untergebracht ... rätselhaft! Allmählich kam mir die Stille in der Wohnung lastend vor; es ist selten, dass Babuschka keine Geräusche macht, wenn sie schläft, es ist selten, dass ich nicht irgendetwas wie die Anwesenheit eines kleinen Tierchens höre, Zischen, Bewegungen, Zeichen, dass sie ihre Träume ganz laut erlebt. Ich war bei meinem drei Wochen alten Horoskop, das mir sagte, dass ich nicht zögern soll, meinem Partner gegenüber sexy zu sein (für Singles sagte es eine überraschende Begegnung in einem Land im Norden oder im Büro vorher, ich fühlte mich von dieser liegengelassenen Zeitschrift immer weniger angesprochen), als ich beschloss, in Babuschkas Zimmer zu gehen, ohne anzuklopfen.

Sie war nicht da. Sie war da nicht! Das Bett war ungemacht. Sie war nicht drin. Das Zimmer war noch unordentlicher als sonst, jemand hatte die Medikamente, die Bücher und die Hefte durcheinandergebracht, aus einem schwachsinnigen Reflex heraus habe ich sie gesucht, sehr schnell, bin von einem Zimmer ins andere gerannt, ich habe sie in meinem Zimmer, in der Küche und sogar auf der Toilette gesucht, wo sie womöglich gestürzt war und das Bewusstsein verloren hatte, in der Badewanne, wo sie sich womöglich gestoßen hatte und ertrunken war, ich habe sogar aus dem Fenster zum Hof und dem zur Straße gesehen, und je länger ich suchte, desto deutlicher spürte ich, dass gerade etwas zu Ende gegangen, dass etwas zerbrochen war, aber was? Das war schwer zu sagen, die Unruhe war auf mich übergesprungen, wenn jemand Mascha Sergejewna entführt hatte, lag es natürlich daran, dass ich nicht gut auf sie aufgepasst hatte, und was wusste ich schon von den Gefahren in ihrem Leben, Autos, die ihre Lieben entführen, Revolutionen, von denen man auf Kyrillisch spricht, und historische Wahrheiten, die sie nicht wirklich zu offenbaren wagt? Was wusste ich denn von ihr, außer dass sie beim Kartenspielen schummelte und mit meiner Mutter stritt? Ich wusste, dass der französische Geheimdienst und die Sicherheitspolizei hinter uns her waren, besser gesagt: hinter *ihnen*, den Russen, die nicht einfach so mit den Musikern, den Tänzern, den Malern, den Schriftstellern und den Dirigenten unter dem Jubel der Menge und von Blumen überhäuft gekommen waren, man hatte sie überwacht und belauscht, sie aller Sünden verdächtigt: Allianzen mit den Deutschen, den Sowjets, den Freimaurern und den Juden, Mama hatte es mir mehr als einmal erzählt, das war auch ein Grund, weshalb sie ausschweifen wollte: Schnauze voll von den Kämpfen mit den Katholiken und den Präfekten, den Einwanderungsbehörden und den Organisatoren von Wohlfahrtsbällen, Schnauze voll von Borschtsch, den Romanows und den Gedenkfeiern in der Kathedrale am Boulevard Tsarevitch. Hatte meine Großmutter auch mit einem Mal genug von diesem kurzen und monotonen Leben? Hatte sie beschlossen, sich noch einmal aus dem Staub zu machen, sie, die wohl weiß, was »sich davonmachen« bedeutet? Aber dann war sie sicher nicht weit gekommen unter der brennenden Hitze und mit ihrem Bein, das mehr einem verbrannten Holzstumpf glich als einem Alliierten fürs Exil.

Ich spürte, wie meine Unruhe wuchs, ich hatte wie sie und ihre Tochter eine kleine Angstmaschine ganz tief im Bauch, die so gut funktionierte wie eine Schweizer Uhr, ein Mechanismus, der lief wie geschmiert. Dann beschloss ich, gelassener zu sein als sie, weniger Emigrantin. Ich habe einen Moment überlegt und dann bei Monsieur Tara geklingelt, unter dem Vorwand, ihn um Salz zu bitten, um zu erfahren, was im Haus vorgefallen sein konnte, während ich vor dem Salat des *Bon Lait* ausgerastet war. Ich wollte nicht bei Madame Claudine klingeln, ich holte mir die Informationen lieber bei einem Sprecherzieher, auch mit bordeauxrotem Tuch, als bei einer Concierge, die auf den kleinsten Fehler ihrer Mieter lauert, um sich drauf zu stürzen und sich für ihren sozialen Status zu rächen, ja, so funktioniert sie halt. Babuschka hat es mir einmal gesagt: »Hüte dich vor den kleinen Leuten, Sonjetschka, eines Tages rrächen sie sich für ihren sozialen Status und werden blutrrünstig!« Blutrünstig. Das hatte ich nicht vergessen, und ich konnte mir sehr gut vorstellen, wie Madame Claudine das Blut ihrer Opfer aufwischt, mit derselben Inbrunst, mit der sie ihren Scheuerlappen schwingt und dabei ihren Hass und ihre Müdigkeit rachsüchtiger kleiner Leute hervorstößt.

Monsieur Tara ließ sich Zeit, ehe er aufmachte, ich habe mehrmals geklingelt, aber die laute Musik übertönte sogar Mimines wütendes Bellen, und dann, in der winzigen Stille zwischen zwei Musikstücken, hat er mich gehört. Es war das erste Mal, dass ich jemanden Angst vor mir haben sah. Er hat mich angesehen, aber nicht von oben herab wie sonst, er hat mich mit demselben verschreckten Ausdruck angesehen wie mein Vater an dem Tag, als ich ihn gefragt habe, ob er mich bei sich behalten könne, als Mama sich davonmachte, dem Blick, der dir sagt, dass du absolut nicht ins Bild passt und dass die bloße Tatsache, dich vor sich zu sehen, schon eine superschlechte Neuigkeit ist. Ich dachte nicht, dass ich Monsieur Tara so sehr stören würde. Während er mich schweigend mit einem Blick ansah, als habe er sich gerade die Finger in der Tür eingeklemmt, ging die Musik wieder los, und er ist ziemlich in Panik geraten. Es war eine schmachtende Melodie, die Musik eines Schlangenbeschwörers, eines spannenden Wüstenfilms, eine Frauenstimme über Geigen und Flöten, er ist zum Plattenspieler gestürzt, um ihn auszuschalten, dabei sagte er: »Ach ja, die Nostalgie! Die Nostalgie!«, und ich freute mich zu hören, dass sie nicht allein den Russen vorbehalten ist. Ich habe einen Blick in seine Wohnung geworfen, kaum zu glauben, dass er im gleichen Haus wohnte wie ich, nicht die geringste Ähnlichkeit. Ich hatte mir immer vorgestellt, dass es bei den Nachbarn so ist wie bei uns, die gleichen Möbel an den gleichen Stellen, die Ikonen in einer Ecke, der Fernseher im Wohnzimmer und die historischen Zeitschriften immer griffbereit. Ich wusste nicht, dass man Teppiche an die Wand nageln oder sich auf so niedrige Kissen an einen Tisch dicht über dem Boden setzen konnte, der mit Aschenbechern in allen Farben bedeckt war. Es roch auch anders. Es roch nach Leder, Minze und Hund, und über allem hing das Eau de Cologne von Monsieur Tara, das waren ziemlich viele Gerüche für so eine kleine Wohnung, aber bei ihm türmte sich alles übereinander, es war voll wie ein Ei, und man fragte sich, wie er atmen konnte.

»Sind Sie Araber?«, fragte ich, ohne es wirklich zu glauben, denn er ist weiß wie ein Laken und Sprecherzieher.

Er verzog das Gesicht zu einem schwachen, traurig-überlegenen Lächeln, und ich schwatzte wie eine Blöde weiter:

»Nein, Sie müssen mir nicht antworten«, und augenblicklich kehrte die Unruhe wegen Babuschka zurück, die ich bei dem Umgebungswechsel durch diese sarrazenische Wohnung für drei Sekunden vergessen hatte.

»Ich bin Pied-noir, mein Fräulein«, hat er gesagt, wieder seine hochnäsige Miene aufgesetzt und sein bordeauxrotes Tuch zurechtgezupft.

»Aha ...«, habe ich ratlos gesagt.

»Wie geht's der Oma?«

Ich habe ihm sehr konzentriert ins Gesicht gesehen, eine Art »Wahrheitsserumblick«, um zu spüren, ob er wirklich nichts wusste, aber ich spürte nichts außer seiner Hündin, die auf meine Espadrilles sabberte, ich hatte nicht die geringste Intuition, was tatsächlich vor sich ging. »Pied-noir«, ich wusste ungefähr, was das war, auch so eine Geschichte mit Koffern und riesigen Schiffen, eingemummelten Babys und Behörden, aber viel weniger als bei uns, das war Halbemigration, Schmerzen, die unseren nicht das Wasser reichen konnten; die Russen kommen aus einem riesigen Land, bei ihnen ist alles riesig, die Nostalgie läuft bei ihnen nicht auf dem Plattenspieler, sie haben sie »in den Genen«, wie Mama sagt, wenn sie sich aufregt.

»Sie hätte gern Salz«, habe ich gesagt, um seine Heuchelei zu testen, aber er hat nicht mit der Wimper gezuckt, er ist sofort in die Küche gegangen, sehr gehorsam und hilfsbereit, oder er hatte es wirklich eilig, dass ich aufhörte, das Leben und die Gewohnheiten der Pieds-noir zu betrachten.

»Kommen Sie rein, junges Fräulein! Bleiben Sie nicht da auf der Schwelle stehen wie ein Staubsaugervertreter!«

Es ist verrückt, wie verletzend Monsieur Tara sein kann, auch wenn er nett sein will, ich frage mich, wie er seine Schüler behandelt, die Stotterer und Legastheniker, die mit ihm zu tun bekommen, tun mir wirklich leid.

Ich bin reingegangen, aber ich hatte es eilig, wieder zu gehen, ich sah Babuschka auf einem glühenden Bürgersteig liegen, eingesammelt von Polizisten mit einer Allergie gegen Akzente, ich musste gehen, hier hatte ich, abgesehen davon, dass die Pieds-noir auf dem Fußboden essen und sich an Filmmusik berauschen, nicht viel erfahren.

»Ihre Oma … Ach ja, Ihre Oma …«, seufzte Monsieur Tara, als er aus der Küche zurückkam, »ich habe sie immer bewundert. Sie und ich, wir sind uns sehr ähnlich: das Haus unserer Väter, nicht wahr … das Haus unserer Väter … damit ist es vorbei! Es ist vorbei … vorbei.«

Und er reichte mir ein buntes, mit Salz gefülltes Schälchen.

Ich wusste nicht, was ich sagen sollte, ich überlegte, ob ich ihm sagen sollte, er solle sie »Madame Sergejewna« nennen, da er der Einzige war, der es aussprechen konnte, und auch, ob ich ihn um Hilfe bitten sollte, aber ich fürchtete mich vor der Concierge; wenn sie uns zusammen sah, wie wir suchend durch die Straßen rannten, würde sie misstrauisch werden, sie würde die Polizei rufen, vielleicht sogar den Hauseigentümer, sie würde meinen Vater, meine Mutter suchen, nein, es war besser, wenn ich ihm für das Salz dankte, er mich vergaß und sich wieder seiner Nostalgie als halber Araber, halber Franzose überließ, in Nizza zu Hause, ohne Haus.

»Danke für das Salz, sie wird sich freuen. Soll ich Ihnen das Schälchen zurückbringen?«

»Ja, das ist Vallauris, ich hänge sehr daran, wissen Sie.«

Ich hatte gedacht, eine kostbare Reliquie aus Algerien in der Hand zu halten, und wieder kam es mir so vor, als würden mich die Erwachsenen an der Nase herumführen, uns schmerzliche Geständnisse an den Kopf werfen, nur um uns anschließend umso besser auszutricksen; man hat kaum Zeit, sie zu bemitleiden, da erzählen sie schon wieder Banalitäten.

»Wir haben auch ziemlich viel Vallauris«, habe ich gelogen, »das Geschirr aus Vallauris ist sehr schön.«

»Etwas teuer, etwas überbewertet … Aus, Mimine! Sie will immer auf dem Arm sein.«

Er hat seine Hündin hochgehoben, und plötzlich fand ich ihn nett. Es ist nett, Mimine an seine blitzsaubere Weste zu drücken, es ist nett, Möbel in ihrer Höhe gekauft zu haben, es ist nett, sich zu integrieren, indem man Geschirr aus Vallauris kauft, und meine Großmutter zu bewundern; noch einmal habe ich überlegt, ob ich ihm sage, dass ich sie verloren hatte, und dann habe ich gedacht, dass es danach sicher zu lange dauern würde, ihm den Unterschied zwischen einem Palast an der zugefrorenen Newa und einem Haus in der Kasbah zu erklären – und was verstand ich eigentlich davon? Hatte ich jemals wirklich im Haus meines Vaters gelebt?

Ich bin runtergegangen, um das Schälchen in die Wohnung zu stellen, und dann habe ich mir überlegt, dass ich es wie ein Polizist im Film machen würde: Ich würde am Tatort nach Indizien suchen. Ich bin wieder in ihr Zimmer gegangen und habe mich umgesehen. Es war komisch, dieses leere Zimmer; ich habe mich gefragt, wer nach uns einziehen würde, ein frisch verheiratetes Paar, sie ist schwanger, er arbeitet bei der Bank, sie bindet ihm morgens die Krawatte, er bringt ihr das Frühstück ans Bett, damit sie sich nicht übergeben muss, wenn sie aufsteht; oder eine alleinstehende Frau mit drei unerträglichen Kindern, die von morgens bis abends herumschreien, im Hof spielen und die Marianischwestern mit »*Vaffanculo!*« beschimpfen, weil sie aus Rimini sind. Dann würde nichts von meiner Großmuter und mir bleiben, nichts von den Briefen an die Präsidenten, meinem aus dem Fenster gebrüllten Namen, den meinem Vater am Telefon verzweifelt gebeichteten Kidnappings, den Geräuschen im Badezimmer ... Ich bin ins Bad gegangen, ihre Kosmetikartikel waren alle verschwunden. Ich bin in ihr Zimmer zurückgegangen und habe nach oben gesehen: Auf dem Schrank stand nur noch ein Koffer. Man hatte Mascha Sergejewna nicht entführt, sie hatte sich tatsächlich davongemacht, ohne irgendein Wort der Erklärung. Wie die Mutter, so die Tochter. Aber sie würde ich nicht einfach so abhauen lassen, das war viel zu gefährlich, und wenn sie nicht ein Taxi genommen hatte, konnte sie noch nicht weit sein. Ich habe in die Keksdose unter der Spüle gesehen: Sie hatte nichts angerührt, keinen Geldschein rausgenommen, sie hatte sich also zu Fuß und humpelnd davongemacht.

Während ich die Treppe runterging, überlegte ich, wohin sie wohl gegangen sein mochte. Wohin geht eine alte Russin mit ihrem Koffer? Wohin geht eine Frau mit ihrem Koffer? Bahnhof oder Hotel … das war's! Sie hatte einen Anruf bekommen, während ich beim *Bon Lait* war, und sie wusste, dass sich meine Mutter jetzt die Nägel am Boulevard des Italiens feilte, zwischen Musée Grévin und Oper, sie würde ihr ordentlich die Ohren lang ziehen … natürlich nicht, denn sie hatte kein Geld für den Zug mitgenommen. Ich überlegte mir das alles, ich verstand nichts, aber als ich in die Eingangshalle kam, ging die Tür von Madame Claudine auf, drinnen lief die Serie auf Télé Monte Carlo, und als gerade eine Frau sagte »Nein, Charlie, nein, jetzt ist es zu spät, nein«, brüllte die Concierge: »Mademoiselle Serg … Mademoiselle aus dem Ersten, komm sofort her!«, und ich begriff, dass sie alles wusste.

Die alte Schnüfflerin hatte sich erlaubt, mit ihrem eigenen Schlüssel in die Wohnung zu gehen, angeblich, um die Post zu bringen, aber in Wirklichkeit, um sich zu vergewissern, dass ich meine Großmutter nicht umgebracht hatte, weil »ich mir Sorgen gemacht hab, dass ich sie nicht mehr einkaufen gehen seh« – von wegen! Sie hatte Schiss, etwas Schlimmes würde passieren, bei ihr war man besser kein Jude und auch nicht krank. Hatte sie schon die Musik gehört, die sich Monsieur Tara vorspielte, während er von seinem Garten mit den Orangenbäumen träumte? Wusste sie, wie viele Koffer oben auf den Teakholzschränken auf die Rückkehr warteten? Sie hatte Babuschka geradewegs dahin geschickt, wo sie sich geschworen hatte, niemals hinzugehen: ins Krankenhaus. Sie hatte sowohl den Arzt als auch die Ambulanz angerufen und warf mir vor, sie schlecht gepflegt zu haben, leichtsinnig zu sein; und dann wollte sie auch gleich noch wissen, wo meine Eltern sind, ob meine Großmutter eine Sozialversicherungsnummer hat, wer ihr behandelnder Arzt ist, ich sah schon kommen, dass sie mich fragen würde, ob ihre Impfungen aktuell sind und ob sie ihre Rente in Rubel oder in Francs erhält. Sie machte mir keine Angst, und ich habe sie von vorn bis hinten angelogen: Meine Eltern waren auf ihrem Landsitz im Touquet, wir würden ihnen bald folgen, sie würden einen großen Empfang geben, weil mein Vater zum Generalsteuerinspektor befördert worden sei. Das hat sie einen Moment beruhigt, und sie ist zu ihrer Serie zurückgegangen, ich glaube, sie hatte das Entscheidende verpasst: eine große Schießerei, die ihr Ziel sicher nicht verfehlt hat.

Es war eine alte Klinik im Magnan-Viertel, eine Klinik, der man gleich ansah, wie viele Kranke durch sie hindurchgegangen waren, ein Ort, wo sich an den grauen Wänden in den Fluren seit Hunderten von Jahren die Ankündigung von Krankheit und Tod festsetzte. In der Luft lagen noch der Geruch der einen und des anderen, der Geruch nach Verbänden, nach 90-prozentigem Alkohol, nach Scheiße, als hätte jemand in die Ecken, hinter die Schränke geschissen, und dann nach Chlor, sauer, scharf, wie eine falsche Sauberkeit, ein von vornherein verlorener Kampf gegen die Mikroben, die Viren, den Schmerz, der auch durch alle Ritzen quoll, die Auflehnung, die nichts hilft, und das Leid der Familien, die sich verstecken, um zu weinen, die sagen »Ich geh mir eine anstecken« und in den alten Fluren in Tränen ausbrechen. Es war eine Klinik, in der riesige Wagen mit schmutzigen, zusammengedrückten oder aufeinandergestapelten Laken andere mit Milchkaffee oder mit Verbänden kreuzen, Wagen mit riesigen Töpfen, die mit trüben Flüssigkeiten gefüllt sind, und mit Metallbüchsen, in denen es klappert, weil die Scheren und Pinzetten darin während der Fahrt aneinanderschlagen, der ganze Kram für die kleine Schlacht, und in diese Klinik, wo ganze Generationen die schlimmsten Momente ihres Lebens verbracht hatten, wo Eltern ihr Kind, wo Söhne ihre Mutter verloren hatten, wohin jeder unvorstellbare Kummer kam, wo alle Schmerzen möglich waren, in diese Klinik hatten sie es gewagt, meine Großmutter zu bringen.

Ich wusste nicht, wie ich den Kummer verbergen sollte, sie dort zu wissen, auch noch »durch meine Schuld«, wie dieses Dreckstück von Concierge sagte. Ich wusste nicht, wie ich zu ihr gehen sollte, ohne zusammenzubrechen.

Erst mal musste ich älter aussehen. Suzanne hatte mich gewarnt: Kinder sind voller Kinderkrankheiten, mit denen sie die Alten anstecken könnten, deshalb dürfen sie sie nicht besuchen. Ich musste wie fünfzehn aussehen. Das Alter, von dem ab man ungefährlich ist. Die Frage, die ich mir stellte, war: Wie kann ein alter Mensch eine Kinderkrankheit bekommen? Entwickelt man sich wirklich so zurück, wenn man im Krankenhaus ist? Ich hatte keine Zeit, den Gedanken zu vertiefen, das Dringendste war, meine Großmutter zu besuchen, ohne dass man mir mein Alter ansah. Deshalb habe ich das Blumenkleid gegen Jeans und ein schwarzes T-Shirt ausgetauscht, ein russisches Tuch um mich geschlungen und die Augen gesenkt: Mit fünfzehn überlegt man und sieht zu Boden, wenn man Kummer hat, und eine Großmutter im Krankenhaus ist ein großer Kummer. Ich hatte Babuschkas Lippenstift gefunden. Die Spitze war ganz platt gequetscht, ich stellte mir vor, wie sie ihn mit Überzeugung und Kurzsichtigkeit auf ihre Lippen drückte, zufrieden und ohne zu bemerken, dass er überall über die Ränder quoll, manchmal sogar bis auf ihre Zähne. Es hat mich ein bisschen geekelt, ihn zu benutzen, und ich habe mich geschämt, dass es mich geekelt hat, deswegen habe ich noch mehr genommen, auch auf die Wangen, ich sah nicht zwei Jahre älter aus, sondern eher fünf Jahre jünger, so, als hätte meine Mutter mich eilig geschminkt, bevor sie mich zum Schulfasching schickt.

Und so habe ich den Bus genommen, mit orangerotem Lippenstift und dem Tuch, unter dem ich schwitzte, eingequetscht zwischen zwei Mädchen, die lange über das Alter der Kinderkrankheiten hinaus waren und über die Zahl der Wodkas sprachen, die sie trinken konnten, ohne umzufallen; ich habe mir überlegt, dass man vielleicht daran die Integration der Russen erkennt: Die einheimischen Frauen hatten die Gewohnheiten meiner Vorfahren übernommen, ohne es auch nur zu ahnen. Die Stadt zog hinter den schmutzigen Scheiben vorbei, Nizza wurde in der Hitze des Busses durchgeschüttelt, das »Gehen Sie weiter! So was auch, gehen Sie doch nach hinten durch! Die Tür! Die Tüüür!«, die Körbe, die kleinen Hunde, die Gehstöcke, Nizza war nicht mehr am Meer, auf der Promenade des Anglais, Nizza wuchs gleichzeitig mit mir; mein Herz klopfte heftig, ich spürte, dass ihm auch ganz heiß war, es war nicht gut vorbereitet auf diese Veränderungen. Und dann sagte ich mir, das ist vielleicht der Moment, jetzt oder nie kann ich überprüfen, ob ich »ein kleines Mädchen bin, das die Revolution niemals überlebt hätte«, wie Babuschka behauptet hatte, oder nicht.

Das Leben ist voller Impulse, oft gerade in dem Moment, wo man es am wenigsten erwartet: Der Gedanke, die Revolution überleben zu müssen, machte mich plötzlich unglaublich fit. Ich hatte fast Lust, es darauf ankommen zu lassen, dem Schrecken zu trotzen, der Gefahr zu begegnen, ich war die Heldin meines eigenen Romans, meines kleinen, ganz persönlichen Manderley geworden. Und so habe ich diesen abgelegenen Ort betreten, weit weg vom Sommer und der Stadt, ein altersloses Gebäude, in dem alle durcheinandergewürfelt waren, die Alten, die Jungen, die Einsamen, die Begleiteten, die am Rand des Grabs und die fast Genesenen, und sie hatten nichts gemein außer dem Gefühl, dass es ungerecht war, dort zu sein, und dem leichten Widerwillen, mit dem sie einsahen, dass sie alle gleich waren: Man glaubt, das Steuer in der Hand zu haben, aber man entscheidet gar nicht, es passiert innen drin, ganz tief im Körper, und deshalb sitzen alle im selben Boot.

Ich zog mein Tuch ganz eng zusammen, wie Lara in *Doktor Schiwago* in ihrer schmerzlichen Schönheit und ihrer wilden Liebe, und fragte eine Krankenschwester nach dem Zimmer von Mascha Sergejewna.

»Wann ist sie gekommen?«

»Vorhin … Also heute Mittag … Es ist noch nicht lange her. Mascha Ser-ge-jew-na …«

Ich hatte Angst, sie zu ärgern, ich wollte es ihr recht machen, ihr zeigen, dass dieser russische Name trotz meines russischen Tuches auch für mich schwer auszusprechen war. Sie hat sich zu ihrer Kollegin umgedreht, die beiden unterhielten sich leise, ich hörte: »Wie? Keine Ahnung. Frag Magali. Hast du das Stethoskop gesehen? Wo ist Michel? Wer? Ich komm doch gerade aus der 115! Die Akte? O nein!« Ich versuchte, das alles zusammenzubringen, nichts passte zu meiner Großmutter, ich hatte sogar das Gefühl, sie hätten das Thema gewechselt, schwer zu sagen im Krankenhaus, ob es ein gutes Zeichen ist, wenn man dich so schnell vergisst, oder nicht. Es ist sicher beunruhigender, das Zentrum ihrer Sorge zu sein, als irgendeine x-beliebige »russische Oma«, das sagte ich mir, während ich anfing zu schwitzen, ohne zu wissen, ob es beginnende Panik, schlechte Intuition oder die über allem liegende Hitze war. Und dann habe ich an Lenin gedacht, der die Romanows umgebracht hatte, an die mit Leichen übersäten Straßen, die Hungersnöte, die Barrikaden, und ich habe so laut gesprochen wie jemand, der vor nichts Angst hat:

»Mascha Sergejewna, sie ist vorhin gekommen, mit einem Krankenwagen, sie ist Russin und sie hat … es ist ihr Bein … Sie ist auf der Straße hingefallen …«

»Sie haben sie auf der Straße aufgesammelt? Dann ist sie nicht hier, sondern in der Notaufnahme.«

Ich begriff, dass ich in dieser Welt nur sehr wenig Spielraum hatte: Man musste mich sofort verstehen, oder es war vorbei. Jetzt gab es schon drei Leute, die hinter mir warteten, eine mit einer Infusionsnadel im Hals, die Flasche hing an einem Ständer, den sie festhielt, als wäre es die Stange im Bus, ein alter, gebeugter Mann mit Rollator, der sicher seine letzte Chance war, und eine Frau mit einem tiefen Dekolletee, das überhaupt nicht hierher passte.

»Aber ja! Die Russin!«, hat Magalis Kollegin gerufen, »sind Sie die Enkelin?«

Ich war ganz erstaunt, dass man das sah, ich hab mich noch verantwortlicher, erwachsener und besorgter gefühlt.

»Ja, ich bin ihre Enkelin. Geht es ihr gut?«

»Das kann ich Ihnen nicht sagen, der Arzt war noch nicht da.«

»Aber wie geht es ihr?«

»Wir müssen auf den Doktor warten. Sie ist in Zimmer 108, am Ende des Flurs links, Sie können reingehen, aber nicht lange, es ist keine Besuchszeit.«

Ich habe mich bedankt, und als ich wegging, spürte ich hinter mir den Strom der Ungeduldigen und der Versehrten wie eine träge, schmerzliche und etwas verfettete Welle weiterfließen.

Sie war also da … Es gab ein Bett für sie, hier. Ihren Namen auf einem Schild. Ihren Namen in der Liste der Verbände und der Mahlzeiten, der Akten, der Anweisungen, ihr unaussprechlicher Name ersetzt durch »die Russin«, meine kleine liebe Russin … Ich habe ihre behandschuhte Hand auf dem Koffergriff mit dem Namensschild gesehen, sie selbst mit erhobenem Kopf, das Baby fest an sich gedrückt, ihren Mann mit den großen, schrägen Augen, den Bahnhof ganz am Ende der Rue Gounod, und jetzt war ihr alter Körper in dieser schmutzigen, überfüllten Klinik, dieser alte Leib, den ich nicht gut genug gepflegt hatte, die kleine Maschenka mit den blauen Augen … Vor der Tür 108 habe ich mich zusammengerissen, habe meine Augen getrocknet, den Kopf gehoben, mein Tuch zusammengezogen und selbstsicher die Tür geöffnet, wie man es macht, wenn man fünfzehn ist.

Wo war sie? Das Zimmer hatte vier Betten, alle gleich, mit Plastiktöpfen darunter, Nachttischen mit einer Karaffe, Sesseln aus zerrissenem Kunstleder und einem muffigen Geruch nach schlechtem Atem und Pisse, der das Ganze einhüllte. In allen Betten längliche Gestalten, aus denen Schnarchen und schleimiges Räuspern drang.

Ich traute mich nicht hinein. Ich versuchte von der Schwelle aus abzuschätzen, ob das wirklich möglich war, ob sie meine Großmutter so schlecht angesehen hatten, dass sie sie mit diesen alten Elendsweibern verwechselten, die den Sommer über im Hospiz vergessen wurden. War DAS die Revolution? Diese zusammengewürfelten Körper, diese schwere Stille, dieses drückende Fieber, diese Erwartung? Worauf? Worauf wartete sie da, während sie stumm dalag, dalag wie die anderen, sie, die immer gedacht hatte, Emigrantinnen, die mittags schlafen, machten Breschnew eine Freude?

Ich bin ganz leise reingegangen, ich habe aus der Entfernung die Betten angesehen, aus denen ungekämmte Köpfe, eingefallene Gesichter mit zahnlosen Mündern ragten … nicht sie … die auch nicht … Und dann habe ich sie gesehen. Die Längste, die Größte, die, die nicht die Augen schloss, sondern schlecht gelaunt zur Decke starrte, bereit, ihre Wut herauszuschreien: Das war sie.

Sie haderte mit der ganzen Welt. Sie hatte eine Stinklaune, eine Laune, die sie munter hielt und ihre Nachbarinnen in die Flucht schlug, die sie bösartig fanden, ungenießbar. Sie schwatzten miteinander, tauschten Obstbrei und Gerüchte aus, handelten mit Joghurt, Kompott und alten Zeitschriften mit Eselsohren, deren Neuigkeiten ebenso alt waren wie das fette Fleisch, das man ihnen auf Plastiktellern servierte. Meine Großmutter und ich ignorierten sie erhaben, eingehüllt in unsere Decke aus Verachtung und literarischem Interesse. Denn jetzt erlaubte sie, dass ich ihr vorlas, und während ich Raskolnikows Verzweiflung buchstäblich herausbrüllte (er hätte nur die Qual der Wahl gehabt, um eine Alte aus Zimmer 108 umzubringen), tippelten die echten »Omas« hinter uns herum und schnatterten, als spielten sie, während ich *Schuld und Sühne* vorlas, im Hintergrund *Nachtasyl*. Das war Großmutter und mir nur recht, wir sonderten uns ab, wir waren das konzentrierteste und bekloppteste Paar der ganzen Klinik, in der ich inzwischen die Schwestern, Ärzte und Pflegerinnen kennen und die »Guten« von den »Bösen« unterscheiden gelernt hatte, die Mädchen mit dem freundlichen Lächeln, die alten Schachteln, die herumschimpften, weil sie nicht am Strand sein konnten und es mit so uneleganten, windschiefen, verwirrten und oft nach Pisse stinkenden Kranken zu tun hatten.

Sie hatten sie gut behandelt. Die Concierge, die mir »natürlich eine Amputation, was glauben Sie?« vorhergesagt hatte, war nicht auf ihre Kosten gekommen. Sie hatten sie zwar betäubt, um ihre Wunde auszukratzen, auszuscheuern sozusagen, aber Babuschka hatte die Operation und den Schmerz mit einer Rachsucht ertragen, derer ich sie nicht für fähig gehalten hatte, als wir noch von den Düften des Perubalsams umgeben waren. Sie stand noch nicht auf. Jeden Nachmittag setzte man sie in den Rollstuhl, sie lief nicht in der Klinik herum, wusste nichts von dem, was um sie herum passierte, von den breiten, feuchten Treppen, die in die oberen Etagen führen, den Türen mit abgeplatzter Farbe, die von den Wagen und den Besuchern aufgestoßen werden, den traurigen Kranken, die aus dem Fenster starren, ohne sich um ihre offen stehenden Pyjamas, ihre gebeugten Rücken, ihre mageren Beine zu kümmern. Schwer vorstellbar, dass es weiter unten, nur ein paar Straßen entfernt, am Strand so viel Geschrei und Spektakel gab, so viel Sonne und silbrige Reflexe auf dem Wasser, gebräunte Haut, die nach Tahitiöl roch, und die Wärme der Steine unter den Füßen, ihre runde Form in der Hand, das leise Geräusch der Wellen, die sie sanft bewegten. Wir hatten eine Grenze überschritten, meine Großmutter und ich, man hatte uns in eine Welt geworfen, wo die Stunden von Thermometern und Verbänden, vom Abendessen um 18 Uhr und Nächten im grellen Licht der leeren Flure gezählt wurden, eine Welt, die über jeden von uns hereinzubrechen droht, wenn wir es am wenigsten erwarten.

Bei Babuschka war ich jeden Nachmittag Sonja, Dostojewskis schöne Sonja, ich opferte mich für meine Familie, man nannte mich »Sofia«, »Sonjetschka«, und ich war stolz darauf. Ich war der Rettungsengel des wahnsinnigen Raskolnikow, ich war schön und sanft, unglücklich und gläubig und mutig … Ich war stolz auf meinen Namen und auch darauf, wie ich las, ohne über die Worte zu stolpern, trotz der Müdigkeit und der klebrigen Hitze im Zimmer, und nach dieser mehrstündigen Lektüre ging ich an den Strand. Ich kam ans Meer, wenn die Menge gerade aufbrach, immer dieses seltsame Leben im Gegentakt, und es war, als würde ich mir diese Zeit des fast leeren Strandes stehlen. Ich tat Dinge, die ich vorher nie hatte tun dürfen: allein den Bus nehmen, einkaufen und mir mein Essen aussuchen, allein am Strand bleiben, ohne Angst, gestohlen zu werden, weit hinausschwimmen, spät nach Hause kommen, vorher lange durch die Straßen schlendern, die aufsteigenden Düfte des Abends spüren, den Duft der Blumen, die endlich atmeten, des Meersalzes in der Milde der niedrig stehenden Sonne und sogar des warmen Asphalts, der endlich im Schatten liegt. Ich blieb lange auf den Steinen sitzen, es war bald September, und die Stadt wurde wieder sie selbst, ließ die Touristen gehen und empfing diejenigen, die die gelben Häuser, die alten Wohnblocks, die einstigen Paläste, die kleinen, schiefen Wohnungen der Altstadt mit ihren winzigen Treppenhäusern und den gesprungenen Bodenplatten bewohnten. Manchmal ging ich durch die Altstadt, das von der Großmutter verbotene Viertel, nach Hause, ich nahm die Gerüche der Restaurants und der Mülltonnen, der mageren Katzen, der Feuchtigkeit, des Fischs in mich auf, über mir lagen die Schlossgärten und ringsum die Lichterschlangen, die Feuerserpentinen der Corniche. Die Leute aßen Eis, führten ihre Hunde aus, rannten schweigend über die Promenade des Anglais, sie lebten, ohne etwas von den Betten ganz in der Nähe und den Kranken darin zu ahnen, von denen einige Nizza nur noch durch das Fenster sehen würden.

Und da war ich, ganz allein in der Stadt, in die seit langer Zeit reiche Tuberkulosekranke zur Heilung kamen, auch exzentrische Prinzessinnen, mittellose Schriftsteller, gestürzte Familien erschossener Zaren und erschöpfte Emigranten. Da war ich mit all diesen Schatten und einem einzigen lebenden Menschen: meiner Großmutter. Aber dann, eines Abends, habe ich Lulu getroffen. Es fing schlecht an mit uns beiden. Ich kam auf dem Rückweg vom Strand am Hotel Royal vorbei, es war die Zeit, wenn in Nizza die Lichter angehen und die Sterne hervorkommen; ich hatte am Nachmittag lange *Schuld und Sühne* vorgelesen und war dann lange geschwommen, mit dem Rücken auf dem warmen Meer, die Arme ausgestreckt und den Blick in den Himmel versenkt. Das war besser als Manderley, um sich davonzumachen, die Welt war groß unter diesem unendlichen Himmel, der sich langsam verdüsterte; ich versenkte mich darin wie in eine riesige Leinwand, und obwohl ich traurig war, weil Babuschka in der Klinik eingesperrt und meine Mutter verschwunden war, fühlte ich mich wohl. Ich hatte fast so etwas wie Lampenfieber. Irgendwas sagte mir, dass ich bald an der Reihe sein, dass ich bald ein Recht auf mein eigenes Leben haben würde, dass mich eine Menge neuer Erlebnisse erwarteten, die ich mir noch gar nicht vorstellen konnte, »das Schicksal«, würde meine Großmutter sagen.

Auf der Terrasse des Hotel Royal genossen die Leute das Leben. Sie ließen den Tag bei einem Glas Campari, einem unaussprechlichen Cocktail, einer Zigarette und verliebtem Lachen ausklingen. Das Rauschen des Meeres mischte sich mit Gläserklingen und Stimmengewirr, das passte gut, sogar ein kleiner Wind kam auf, der all das wiegte. Ich habe nicht verstanden, warum sich plötzlich alle amüsiert haben, als ich an ihnen vorbeikam. Sie haben mich angesehen und unverhohlen gelacht. Ich habe einen Blick hinter mich geworfen, ich zog nichts Komisches hinter mir her, ich habe an meinem Kleid gezupft, womöglich hatte ich es beim Anziehen am Strand in den Schlüpfer gesteckt: das Lachen wurde noch lauter, dabei war bei mir alles normal. Ich sah zu, dass ich davonkam, da nahm ich einmal am Nachtleben von Nizza teil, und schon machte man sich über mich lustig. Erkannte man so deutlich, dass ich gerade anfing, die Rolle der einsamen Passantin zu erlernen? Dann war es mir doch lieber, wenn sie sich über das sperrige Duo mokierten, das ich mit meiner Großmutter bildete, als über meine neue Freiheit. Aber auch als ich an der Terrasse vorbei war, hörte ich sie immer noch lachen. Ich habe mich umgedreht: Ein blöder Kerl amüsierte sich damit, die Passanten nachzuäffen. Er ging hinter ihnen her und imitierte genau ihre Art, sich zu bewegen; der Einzige, der dieses Theater natürlich nicht bemerkte, war sein armes unschuldiges Opfer, die anderen saßen sicher auf der Terrasse in der ersten Reihe und schlugen sich schamlos auf die Schenkel. Ich habe kurz nachgedacht und mich gefragt, was das für ein Schicksal ist, wenn mir der erste Affe, der vorbeikommt, meine Abende verhageln kann. Wieso nahm sich dieses spindeldürre Jüngelchen mit der viel zu langen blonden Mähne das Recht heraus, alle Leute zum Gespött zu machen, nur nicht sich selbst? Er war nicht schwer zu imitieren, dieser alberne Idiot, der als Gegenleistung für seinen Blödsinn sicher mit den paar Münzen rechnete, die wie Erdnüsse in seinem auf dem Boden wartenden Hut landeten. Mein Herz klopfte wie wild, das kann man wohl sagen. Aufregung und Wut packten mich, ich hatte Kopfschmerzen, eine Stimme sagte mir, es ist lächerlich, eine andere flüsterte mir ein, ich werde es auf jeden Fall tun, und ich habe es getan. Ich bin zurückgegangen. Nizza war nicht das Territorium dieses Clowns, Romain Gary hatte vor dieser Terrasse geträumt, wo früher statt eines Straßenkaspers ein wunderbares Zigeunerorchester spielte, das ihm und seiner Mutter Tränen entlockte. Ja, ich bin hingegangen. Ich bin hinter dem Imitator hergelaufen, ich habe ihm den Streich mit dem besprengten Gartensprenger gespielt, so schwer war es eigentlich gar nicht, und weil ich solche Angst hatte, bot nicht ich mich den Blicken dar, sondern eine andere, die sich wie in einem Nebel bewegte, ich zitterte, aber ich glaube, das sah man nicht, ich brachte die Leute zum Lachen, nicht zum Spotten: lachen. Sie waren auf meiner Seite, ich hatte sie umgedreht wie ein Crêpe, einige haben mir Beifall geklatscht. Dem Jungen hat es natürlich nicht gefallen, dass ich ihm hinter seinem Rücken die Show gestohlen und sein Straßentheater kaputt gemacht habe. Er wurde total wütend, als er mich hinter sich sah, hat nach seinem Hut mit den Münzen gegriffen und mich am Ärmel weggezogen. Die Gäste des Hotel Royal erstickten fast vor Lachen, sicher dachten einige, dass es vorher abgesprochen war, ein Paar von Straßenkünstlern auf der Promenade des Anglais.

»Bist du krank?«, hat er mich gefragt.

»Kennen wir uns? Warum duzt du mich? Warum gehst du hinter mir her? Warum heftest du dich einfach so den Leuten an die Fersen?«

»Das ist Pantomime! Die Leuten lieben es, der Wirt sagt, dass ich Kundschaft anlocke.«

»Du? Du lockst Kundschaft an? Über einen Pudel auf zwei Beinen lachen sie mehr als über dich, das kannst du mir glauben.«

Ich hätte es nie gedacht, aber unser Streit ging nicht mehr weiter, das mit dem Pudel tat ihm wirklich weh. Ich konnte es kaum fassen. Dieser Kerl, der keine Angst hatte, sich Unbekannten an die Fersen zu heften, um sie nachzuahmen, hat wirklich gedacht, er sei nicht mehr wert als ein Hund, und plötzlich musste ich ihn trösten, ihm sagen, dass er hervorragend eine tolle Puppe mit zu hohen Absätzen und einen Notar mit krummen Beinen imitierte. Dann hat er mir gesagt, dass er Lulu heißt, und wir sind an den Strand gegangen, um uns zu unterhalten.

Das war besser als eine Caféterrasse. Überall saßen um diese Zeit kleine Grüppchen, die Dunkelheit lockte die Leute an. Man hörte Gitarren, das Kichern glücklicher Mädchen, laute Stimmen ernsthafter Diskussionen, man sah glühende Zigarettenspitzen, die Lichter auf den Booten, man hörte die Kieselsteine rollen und die Autos, die hinter uns vorbeifuhren, vielleicht nach Italien oder nach Aix-en-Provence, auf der schweigsamen Nationalstraße 7. Wir haben uns etwas abseits hingesetzt, den Rücken an eine Mauer gelehnt, wir haben uns unterhalten und dabei vor uns in die Nacht mit ihren Leuchtpunkten geschaut. Lulu hatte die Schule im Gymnasium am Parc Impérial abgebrochen und wollte nach Paris gehen, um bei Marcel Marceau Unterricht zu nehmen, er träumte davon, vor dem Café des Deux Magots den Clown zu spielen, auf den Pflastersteinen gegenüber der Eglise Saint-Germain. Er hatte erstaunlich präzise Träume, seine schon lange ausgeheckten Pläne standen fest.

»Das Gymnasium am Parc Impérial ist schön, oder?«, habe ich gefragt.

Immer wenn ich das lang gestreckte Gebäude hinter der Kathedrale, dieses einstige russische Luxushotel voller Geheimnisse sah, hatte ich von Manderley geträumt, von Paaren und Familien, die sich geliebt und gehasst hatten, ich spürte sie ganz nah, mit ihren Privilegien und ihrer fatalen Sorglosigkeit.

»Das Gymnasium? Ja ... Es ist vor allem sehr groß und sehr alt. Die meisten Pauker auch. Und du? Was willst du später mal werden?«

Ohne nachzudenken, habe ich mich plötzlich sagen hören:

»Schriftstellerin.«

»Ich mag die Worte nicht besonders ... Ich finde nie die richtigen ... die genau das ausdrücken, was ich denke.«

Ich hörte ihm nicht mehr zu, ich hatte gerade entdeckt, dass ich Schriftstellerin werden wollte; aber war das möglich, wo ich doch in der Schule niemals aufgepasst hatte und die Orthografie mein ärgster Feind war, ich, die die Schriftsteller verflucht hatte, als ich in der Grundschule war, weil ich mir wegen ihrer Texte, die wir im Diktat schreiben mussten, wieder mal eine Null einhandeln würde?

»Wann fährst du nach Paris?«

»Ich warte, bis mein Kumpel Adriano Geld hat, um mitzukommen, wir ziehen zusammen. Bis dahin üben wir eine Supernummer: Wir kochen Spaghetti vor den Leuten und dann essen wir sie. Das haben wir hier schon mehrmals getestet, es läuft verdammt gut, sie haben sich halb totgelacht.«

»Du kochst auf der Straße Spaghetti? Als Clown verkleidet?«

»Ja.«

Ich habe ein bisschen in die Sterne geschaut, um über das alles nachzudenken, es ist unglaublich, was die Menschen für geheime Leben, seltsame Träume und absurde Ideen haben. Ich saß neben einem Jungen, der davon träumte, vor einem der berühmtesten Cafés von Paris Spaghetti zu kochen ... Was hätte meine Mutter dazu gesagt?

»Ich bin vierzehn! Mein Gott, ich bin seit drei Tagen vierzehn!«

Lulu hat mich angesehen, nicht sehr überrascht.

»Herzlichen Glückwunsch!«, hat er gesagt und ein imaginäres Glas zum Himmel erhoben. »Kennst du den Unterschied, ob man ein Glas Wein oder Champagner trinkt?«

»Verdammt noch mal, ich bin vierzehn ...«

»Herzlichen Glückwunsch!«, hat er wiederholt und erklärt: »Der Unterschied liegt in den Bläschen: Schau her.« Und er hat jemanden gespielt, der nicht trinken kann, weil ihm kleine Bläschen entgegenspringen, er muss blinzeln und das Gesicht verziehen. Da habe ich mein Glas auch gehoben, und wir haben mit unsichtbaren Sektschalen vor einem in die Nacht getauchten Meer auf meine nagelneuen vierzehn Jahre angestoßen. Die kleinen Bläschen sind überall in Nizza aufgestiegen, sicher hat auch Mascha Sergejewna ein paar abbekommen.

Ich habe beschlossen, zu meinem Vater zu gehen. Einfach so. Ein plötzlicher Einfall. Ich wollte vor dem Schulbeginn am 15. September ein paar Sachen holen und meinen vierzehnten Geburtstag außerdem mit einer ganz persönlichen Klärung feiern: Ich wollte herausfinden, wie sehr ich ihn liebte, wie sehr er sich für mich interessierte und wie weit ich in meiner Ablösung gehen konnte, ohne mich anzulügen.

Ich habe ihn nicht vorgewarnt. Ich bin eines Abends einfach hingegangen, die Schlüssel um den Hals, die Haare noch feucht von meinem Abendbad, und als ich die Tür aufgeschlossen habe, ohne zu klingeln, herrschte in meinem Innern ziemlicher Aufruhr. Mein Vater hat mit schwacher, besorgter Stimme gerufen:

»Bist du's?«

Ich wusste nicht, wen er meinte, wessen Ankunft er fürchtete: die meiner Mutter oder meine? Also habe ich nicht geantwortet, sondern vielmehr das ganz natürliche und unbefangene Gesicht der Tochter aufgesetzt, die nach Hause kommt; ich bin ins Wohnzimmer gegangen, habe meinen leeren Rucksack irgendwohin geworfen und ein »Salut!« hinterher, das fröhlich und dynamisch klingen sollte. Er hat den Fernseher ausgemacht, mit seinen gelben Fingern das Zigarillo ausgedrückt und mehrmals an seiner Hose gezogen, das macht er immer, wenn er verlegen ist: Er zieht seinen Gürtel hoch, er ist lächerlich und mager, aus einem anderen Zeitalter. Er ist auf mich zugekommen, um mich zu umarmen und seine Fassung wiederzugewinnen. Es war ein »Gesellschaftskuss«, nicht der eines Vaters, der seine Tochter seit Monaten nicht gesehen hatte. Er hat mich geküsst und seine Wangen sind gegen meine geknallt, seine Lippen gingen ins Leere, sein Atem roch nach billigem Zigarillo, scharf und kalt.

»Geht's dir gut, meine Tochter?«

»Wunderbar, und dir?«

»Na ja, du weißt ja ... Der Alltag ... War es schön in Saint ... In den Bergen?«

»Super.«

»Sehr gut ... sehr gut ...«

Ich genoss es fast. Ihm ging der Arsch auf Grundeis. Er fragte sich voller Furcht, ob ich wieder bei ihm einziehen wollte, ob ich mich in meinem Zimmer einnisten würde, nachdem ich den Kühlschrank geplündert und mein Taschengeld eingefordert hatte. Um das Ausmaß seiner Angst zu testen, habe ich mich aufs Sofa fallen lassen, nachdem ich ihm mit einem Lächeln bekundet hatte: Okay, wir haben uns alles gesagt. Machen wir uns einen netten Abend, und dann gehen wir schlafen.

»Was hast du gerade gesehen?«

»Ach, weißt du … Ich sehe, ohne hinzusehen … Ein Maigret.«

»Mach wieder an, ich mag Jean Richard, er ist süß.«

»Ach, ich habe gar nicht aufgepasst … Ich bin eingeschlafen … Weißt du, wenn man allein ist … na ja.«

»Hast du was von Mama gehört?«

Er hat die Augen aufgerissen und die Brauen hochgezogen, ich hatte gerade die unpassendste Frage des Jahrhunderts gestellt. Schließlich hat er hervorgepresst:

»Nnneinnn.«

Zwei kleine Schweißtröpfchen tauchten unter seiner Nase auf, direkt über den Lippen, das war eklig.

»Machst du dir keine Sorgen? Willst du nichts wissen?«

»Was denn wissen? Sie ist weg, sie ist weg! Und du, warum wachst du jetzt plötzlich auf? Was ist das für eine Show, die du hier abziehst? Also, was willst du? Und was soll der Rucksack?«

Da habe ich gemerkt, dass meine Widerstandskraft nicht sehr groß war. Mein Herz bummerte in meiner Brust, und ich hätte fast geheult, ich war wieder fünf Jahre alt und hatte Angst vor ihm. Ohne Grund. Er hat mich nie geschlagen. Aber er hatte immer die Wutanfälle des Schwächlings, kalte, bösartige Wut, die ohne Vorwarnung explodiert. Eine knallende Peitsche. Mein Vater ist überzeugt, dass sein Unglück direkt von seinen Nächsten kommt, dass er das Opfer derjenigen ist, die seinen Alltag geteilt haben, und er ist böse auf Mama und mich, weil wir jeden Tag gesehen haben, dass er seinen eigenen Ansprüchen niemals gerecht werden würde. Deswegen hasst er uns voller Inbrunst, er wird uns immer hassen, uns und sein kleines, mittelmäßiges Leben als Steuerinspektor, die Stagnation seines Daseins.

»Sie ist in Paris, hat sie dir nicht gesagt, oder? Na ja, es ist blöd, sie hat mir ihre Nummer gegeben, und dann habe ich sie in Saint-Dalmas-Valdeblore in einer Telefonzelle liegen lassen, und was mach ich jetzt? Hast du ihre Nummer?«

»Was soll der Rucksack?«

Er sah mich, wie er meine Mutter sah. Er hatte Angst, dass meine Rückkehr auch ihre bedeutete, dass meine Anwesenheit ihn an ihre erinnerte, dass ich von ihr sprechen würde, ohne seinen Abscheu zu teilen, er war böse auf mich, weil ich die Tochter seiner Frau war. Was konnte ich dagegen machen? Ich habe den Rucksack angesehen und nicht mal gelogen.

»Nächste Woche geht die Schule los. Ich bleibe bei Babuschka, sie braucht mich. Ich bin gekommen, um ein paar Sachen zu holen, und geh gleich wieder.«

Er war erleichtert und auch ein bisschen unglücklich über diese Erleichterung. Er hätte mich gern gern gehabt, glaube ich. Er hätte es gern gekonnt. Aber er schaffte es nicht, und ich war nur die letzte Zeugin seines Scheiterns, »eine Zeugin zu viel«, hätte Jean Richard gesagt … Aber wir waren nicht im Film, wir waren im Wohnzimmer meiner Kindheit mit den Perkalvorhängen, den Kiefernholzmöbeln, dem Fotorahmen auf dem Fernseher und der Tristesse der Abenddämmerung als natürlicher Farbe dieses Ortes, an dem ich meine Eltern nie bei einem Kuss, einem Augenzwinkern, einer Liebkosung überrascht hatte, nicht mal bei einem vertraulichen Schulterzucken. Nichts als Niedergeschlagenheit und stummer Ärger. Nichts als die Hoffnung auf Trennung und die Angst, sie nicht zu schaffen, parallele Träume und gemeinsame Schlaflosigkeit, Rücken an Rücken in dem zu großen Bett.

»Du willst bei dieser alten Bekloppten wohnen? Nein, aber das ist gut, wirklich … das ist gut.«

»Ist es gut oder nicht gut, ich verstehe dich nicht.«

»Es ist gut.«

Er setzte mich also vor die Tür. Und wie es seine Art war, überließ er mir die Verantwortung, morgen würde er sagen: »Sie ist wie ihre Mutter, sie hat mich verlassen, was sollte ich machen? Ich halte niemanden mit Gewalt … Und jetzt bin ich ganz allein …« Ich hab mir den Rucksack geschnappt und bin in mein Zimmer gegangen.

Dieser Ort war mir so fern. Je mehr ich mich in diesem Zimmer wiedererkannte, desto mehr entfernte ich mich von dem, was ich gewesen war. Ich sah mich, ich sah meine vierzehn Jahre Spiel, Tränen, heimlicher Lektüre mit der Taschenlampe, vertraulicher Gespräche mit Freundinnen, die es nicht wert waren, sah Lieblingssachen, einen Teddybären, mein Tagebuch, mein Manderley, meine Gebete, meine Ängste vor den Geräuschen draußen und vor bösen Männern im Wandschrank und einsame sündige Vergnügungen. Ich sah mich groß werden, nach Mamas Abreisen den Koffer packen, nach ihrer Rückkehr heimkommen, die Hoffnung, die es damals gab: Hatte sie endlich gefunden, was sie suchte, würde sie jetzt wirklich bleiben? Und den Schmerz, die Eifersucht auf das, was sie draußen fand und was ich ihr hier nicht geben konnte. Ich war nicht »genug«, um sie zurückzuhalten. Schön, lieb, gute Schülerin, interessant, Französin, lustig … alles, was man will: Ich war es nicht genug. In diesem Zimmer, in dieser Wohnung hatten Menschen zusammengelebt, die sich keine Liebe gaben, es war eine Art *Kommunalka*, wir mussten zusammenleben, aber nicht wegen der Kommunisten, es war schlimmer: Wir mussten zusammenleben, weil wir eine Familie waren. Ein einziger großer Körper, verbunden durch das Blut und die Gene, die Namen und die Urkunden, also konnten wir uns nicht mal bei den Behörden beschweren, wenn es unerträglich war. Die einzig Schuldigen waren wir.

Ich wusste nicht, was ich mitnehmen sollte. Die Schallplatten, die Filmfotos, die schon gelesenen Bücher, die zerbrochenen und niemals weggeworfenen Spielsachen, die alten Nummern von *Salut les copains* … Ich sah, dass sie versucht hatten, es zu machen wie die anderen: kaufen und schenken, was alle kleinen und größeren Kinder bekommen, aber ich hatte auf nichts Lust. Es war mir völlig egal. Und dann habe ich meinen kleinen Stuhl gesehen. Ein winziger runder Stuhl, von einem Freund meiner Mutter extra für mich gemacht, als ich drei Jahre alt war. Eine Armlehne war zerbrochen, weil ich mich unbedingt draufsetzen musste, als ich schon zu alt und vor allem zu schwer geworden war.

»Was machst du denn?«, hat mein Vater gefragt, als ich ohne Rucksack, aber mit meinem kaputten Stuhl zurückgekommen bin.

»Das siehst du doch: Ich packe meine Sachen ein.«

»Wo sind deine Schulsachen?«

Er ist aufgestanden und hat selbst meinen Rucksack vollgestopft. Ich habe gehört, wie er in den Schränken und im Schreibtisch wühlte, damit kannte er sich weiß Gott aus, er brauchte kaum fünf Minuten, dann kam er mit dem prall gefüllten Rucksack zurück.

»Ich brauche Geld für die Schule.«

»Na ja, also wirklich … Hör mal, Sonja! Du schneist hier einfach rein und verlangst Geld von mir … Ich habe keins da.«

»Schreib einen Scheck auf den Namen von Mascha Sergejewna Lubowski.«

Er hat mich angesehen, hat versucht zu verstehen, was hier eigentlich abging, was ich von ihm wollte. Seine Lippen verschwanden in einer Grimasse, er hatte keinen Mund mehr, er war hässlich. Und verlegen. Ich wusste, dass er den Scheck ausstellen würde, um nicht das Risiko einzugehen, dass ich hier wieder auftauchte, unangemeldet und mit meinen eigenen Schlüsseln. Er hat schwer durch seine zusammengekniffenen Nasenflügel geatmet, dann hat er das Scheckheft aus seinem Schreibtisch genommen. Er hat lange überlegt. Hat mich mit gequälter Miene betrachtet, wie jemand, der Bauchschmerzen hat und sich zurückhält. Wie viel kostete ich? Wie viel war die Tochter von Olga Juriewna Lubowska wert? Wie viele Nullen auf dem Scheck, der auf »diese alte Bekloppte« ausgestellt war, wie er sagte, die meine Großmutter war. Wie viel musste er zahlen, damit ich nicht zurückkam? Damit ich verschwand? Ich hätte beinah gesagt, er solle sein Scheckheft einstecken, aber die Geldnot war größer als der Stolz: Obwohl ich mir große Mühe gegeben hatte, war kein Geldschein mehr in der Keksdose unter der Spüle.

»Tausend, reicht das? Du kannst das Schulessen bar bezahlen. Geht das? Tausend, das ist eine ordentliche Reserve, das reicht für eine Weile.«

»Du musst mir nicht alles auf einmal geben … ich meine: das ganze Schuljahr auf einmal.«

»Niemand soll sagen, ich lasse meine Tochter Not leiden. Ich kenne meine Pflichten.«

Ich habe tief Luft geholt, ich umklammerte den kleinen Stuhl, hätte ihn ihm am liebsten ins Gesicht geworfen, hätte am liebsten geweint. Ich habe es nicht getan. Er hat mir den Scheck hingestreckt, und ich habe ihn genommen. Ist Geld nicht immer schmutzig?

Mein Vater stand vor mir, aufrechter, jetzt, wo er bezahlt hatte, wo er »quitt« war, nach diesem finanziellen Opfer, das deutlich machte, wie sehr er mich nicht mehr wollte. Ich wünschte mir, er würde jünger werden, ein kleines bisschen zärtlich, gar nicht sehr, nur so, wie man zu etwas

Kleinerem ist: Hund, Katze, Kind, ich wünschte mir, er würde sich zu mir herunterbeugen und etwas sagen. Aber er hat seinen Gürtel zurechtgerückt und die Hose hochgezogen: Wir hatten uns alles gesagt. Ich habe es trotzdem gemacht. Weil ich Lust dazu hatte und auch, weil ich nie mehr Gewissensbisse haben wollte. Nie mehr etwas bedauern wollte. Ich habe meine Hand an seine Wange gelegt und »Papa …« geflüstert, Und als seine Augen feucht wurden, bin ich gegangen. Ich habe meiner Kindheit den Rücken gekehrt und sie nie wieder angesehen.

Als die Schule anfing, änderten sich meine Besuchszeiten im Krankenhaus. Auch meine Wege. Zwischen der Schule und der Rue Rossini war die Klinik jetzt wie ein Zwischenhalt. Ich ging nach dem Unterricht hin. Meine Großmutter lief wieder, auf einen Krückstock gestützt, mit dem sie wie ein alter Marschall aussah, und tatsächlich war sie ständig im Krieg. Der einzige Ort, wo sie sich ein bisschen beruhigte, war der Garten, ich nannte ihn »die freie Zone«. Dort vergaß sie ihre verwirrten Nachbarinnen und die zu langen Nächte, die widerlichen Mahlzeiten und die Schroffheit der Schwestern, die »sie« und »Oma« zu ihr sagten oder auch »wir«, was für sie am unerträglichsten war. Sie konnte sich nicht damit abfinden. Sie erzählte mir: »Heute morgen hat mich Jacqueline gefragt, ob wir auf der Toilette waren! Wovon rredet sie denn, Sonjetschka, ich verrstehe garr nichts!« Ich erklärte ihr, dass »wir« auch als Höflichkeitsform in der dritten Person benutzt werden kann, eine unnötige Lüge, sie ließ sich nicht beruhigen. Die Krankenschwestern wollten sie mit einer Alten aus ihrem Zimmer verkuppeln (sie sagte »verkabeln«). Aber mit welcher? Der Zwergin mit den abgebrochenen Nägeln, die sich zwanghaft am Ohr kratzte und ständig wiederholte:

»O nein, bloß keine Kartoffel in die Ratatouille, niemals, nein, nie in die Ratatouille«? Der ungewaschenen Zerzausten, die wir Baba Jaga nannten, weil sie nicht nur wie die Hexe aussah, sondern auch erbärmlich stotterte? Oder mit der Großen, Gekrümmten, die *Stille Nacht* sang, sobald die Glocken von Sainte-Thérèse ertönten? Wieder einmal waren ihr die erbärmlichen einfachen Leute auf den Fersen, und Jacqueline verdächtigte sie, mit ihnen zusammen zur Toilette zu gehen. Das durfte man nicht dulden. Sie war auf der Hut.

Im Garten gingen wir immer zum selben Platz, sie war bereit, sich auf eine Bank zu setzen, ohne Angst vor dem Tod zu haben: In der freien Zone schwanden manche Befürchtungen, mein alter Marschall erzählte mir ab und zu sogar ein paar Erinnerungen. Sie betrachtete die Rosen und den Lavendel, nickte und sagte: »Wenn du glaubst, dass mir die Krrimrosen fehlen, irrst du dich!« Ich wusste nicht, dass es Krimrosen gab, aber ich spielte mit: »Wenn du mir das Gegenteil erzählst, Babuschka, glaube ich dir nicht!« Sie lächelte und machte weiter: »Wenn du glaubst, dass mir der Krrimoleander fehlt, irrst du dich!« Ich verzog verärgert das Gesicht und setzte die Litanei fort, wir erfanden den Refrain eines Liedes, dem nur noch die Melodie fehlte: »Wenn du mir das Gegenteil erzählst, Babuschka, glaube ich dir nicht!« Jetzt fing sie an, sich zu amüsieren, es lief genau so, wie sie es wollte. »Wenn du glaubst, dass mir die Krrimmagnolien fehlen ...« und so weiter, alles kam vor, die

Zypressen, die Linden, der Weizen, der Wein und sogar der Reis, bis zum berühmten: »Was mir fehlt, ist die schwarrze Tomate, Sonjetschka, die Tomate!«, und darüber lachte sie wie ein Kind, kicherte mit der Hand vor dem Mund, die Augen nach oben verdreht, war zehn Jahre alt. Ich war ihre große Schwester, ihre Gartenfreundin, ihre bevorzugte Zuhörerin. Über die Krimtomate lachten wir nicht nur einmal, sie war der unfehlbare Anzeiger für die Moral meiner Großmutter. Wenn sie nicht damit anfing, wusste ich, dass ich mir Sorgen machen musste; ich ging heimlich zu den Krankenschwestern, am liebsten zu Valentine, die wir »Kuckuck« nannten, weil sie mager war und immer hüpfte, wenn sie von einem Zimmer zum anderen rannte und »Kuckuck, meine Lieben! Kuckuck! Kuckuck! Wie geht es euch heute?« rief. Kuckuck fand nichts dramatisch, sie war an den klapprigen Alltag, an die desorientierten alten Damen und ihre schlechten Tage gewöhnt. Wenn ich mir Sorgen machte, weil Babuschka nicht das Spiel mit der Tomate gespielt hatte, sondern das der Taubstummen mit leerem Blick und schlechter Laune, sagte sie mit ihrem provenzalischen Akzent: »Diese Russin ist ein Schelm, weißt du das nicht, sie ist ein Schelm. Ja! Du bist ja fix und fertig, aber genau das will sie doch! Lass mal, Kleine, mach dich nicht verrückt, bring ihr lieber ihr Kartenspiel.« Und so hat meiner Großmutter wieder mit den Patiencen angefangen. Und den Obsessionen, die dazugehören. Ich spürte es, ohne dass sie davon sprach. Sie fragte gespielt naiv, was an Post gekommen war: Rechnungen, Mietquittungen, die Zeitung der Orthodoxen Kathedrale, kurz, nach allem, was gar nichts mit dem Chefredakteur von *Historia* zu tun hatte. Ich spürte, wie sich ein Gewitter zusammenbraute.

Es brach aus, als ihre alte Freundin Tanja Maximowa sie besuchen kam. Wir saßen in der freien Zone und verglichen gerade die Nelken in Nizza mit denen in Russland, ich war dabei, ihr den Nelkenstiel vorzuspielen, der Farbe trinkt, damit sich die Blütenblätter färben, ich sog die Leere ein, die Arme halb ausgestreckt, die Handflächen zum Himmel geöffnet, »Wie ein Strohhalm, Babuschka, siehst du, der Stiel saugt die Farbe ein wie ein Strohhalm«, als Tanja mit ihren Zöpfen auf dem Kopf und dem Einkaufsnetz voll kalter, halb garer Crêpes auftauchte. Sie hatte kaum Zeit: »Sdrawstwuite!« zu sagen, da unterbrach meine Großmutter sie mit einem schneidenden: »Sonja versteht kein Russisch.« Ich weiß nicht, wer von uns dreien am meisten staunte, und nach kurzem Schweigen fragte Tanja:

»Und russische Crêpes, isst sie die?«

Die Boshaftigkeit dieser Frage entging meinem alten Marschall keineswegs, und er zog begeistert in die Schlacht.

»Deine jedenfalls nicht.«

Ich spürte, dass ich in einer Serie gelandet war, von der ich die entscheidende Folge verpasst hatte, weil sie entweder auf Russisch, also ohne dass ich etwas verstand, oder in meiner Abwesenheit gelaufen war. Wer würde mir eine Zusammenfassung geben?

»Gut«, hat Tanja zurückgegeben und ihr Netz auf die

Bank gelegt, »ich werde Französisch sprechen. Ich spreche sehr gut Französisch. Setzen wir die Geschichte da fort, wo wir sie unterbrochen haben ...«

»Nicht nötig, meine arrme Tanja, das interessiert niemanden hier, glaub mirr.«

»Es geht immerhin – du merkst, dass ich sehr gut Französisch spreche – um ihren Großvater, Juri Lubowski.«

Der Ausdruck »lastendes Schweigen« bekam plötzlich einen Sinn, den ich nie geahnt hatte, es war schwer, feucht und voll, leere Zeit, gefüllt mit Groll. Warum hatte meine Großmutter zum ersten Mal verlangt, dass man vor mir kein Russisch sprechen soll? Fürchtete sie, dass ich es insgeheim gelernt hatte und sie nun ausspionierte? Fühlte sie sich so verfolgt? Und was konnte denn meinem Großvater passieren, der seit vier Jahren tot war?

»Sonjetschka«, sagte Babuschka zu mir, »lass nie zu, dass deine Ahnen beschmutzt werrden. Niemals!«

»Ich stelle nur eine Frage, Mascha, hat man uns ... hat man uns nicht .. hat man ... hat man dich ... Ach! Tschort! Man DARF eine Frage stellen!«

»Ach! Tschort!« hieß »Zum Teufel«, und ihre Frage wollte ich unbedingt hören.

»Also hör zu, Sonjetschka«, hat Babuschka gesagt, »so sieht es aus: Dein Großvater arrbeitete bei der Versicherrung! Na und? Was ist schon dabei!«

Sie ist aufgestanden, ich habe ihr die Krücke gegeben, sie hat in übertriebenem Schmerz das Gesicht verzogen und leidend geschnauft, ich habe sofort mitgespielt:

»Na prima! Der Doktor wollte, dass du dich ausruhst, und du springst hier rum, bleibst stundenlang draußen! Und diese Wunde, die einfach nicht heilen will, mein Gott! Mein Gott! Was soll nur aus uns werden, entschuldige, Tanja, entschuldige, bitte lass uns vorbei, vorsichtig, Babuschka, so ein Unglück! Mein Gott, was für ein Unglück!«

Ich war im siebenten Himmel. Das wochenlange Vorlesen von *Schuld und Sühne* hatte mir mehr geholfen als jeder Theaterkurs; wenn es mit dem Schreiben nichts werden sollte, würde ich später immer noch Tragödin werden können.

Tanja hat ihre kalten russischen Crêpes eingepackt, sie war nicht dumm, ich habe noch gehört, wie sie uns hinterhergerufen hat: »Man kann ja wohl Fragen stellen!«

Darauf hat meine Großmutter mit einem kurzen Fluch geantwortet, der anscheinend gesessen hat, Tanja hat sich bekreuzigt, und wir haben sie nie wiedergesehen.

Sie hat sich hingelegt. Müde. Empört. Ein bisschen traurig.

»Ich hatte Djeduschka sehr gern, weißt du. Ich habe ihn nicht lange gekannt, aber ich hatte ihn sehr gern. Er war freundlich.«

Sie hat genickt, sie war einverstanden.

»Im letzten Jahr haben sie im Rialto *Kinder des Olymp* gezeigt, ich war mit Mama dort …«

Sie hat weggeschaut. Und ich auch. Ich hatte einen Kloß im Hals, ich sah Mamas Aufregung vor mir, jedes

Mal, wenn ihr Vater zu sehen war, ihre aneinandergepressten Hände, die sie mühsam vom Applaudieren abhielt, ihre leuchtenden, von der Leinwand faszinierten Augen; sie schaute ihn an, wie ich sie noch nie einen Menschen anschauen gesehen hatte. Es waren die Freude und die Bewunderung eines kleinen Mädchens, naiv und irgendwie auch schamlos. Und dabei dauerte es nicht lange. Der Statist Juri Lubowski tauchte nur kurz auf … ganz kurz.

»Wir Rrussen durften nicht bei der Verrsicherung arbeiten. Na und? Er hatte Frreunde. Na und? Diese alte Krähe, die mich quälen will … Sie quält mich, Sonjetschka, sag Kuckuck, sie soll mir heute Abend eine kleine Tablette zum Schlafen geben … Machst du das?«

»Mach dir keine Sorgen, ich mache es.«

»Sie haben ihn immer gehasst, ha! Natürlich, er … du verrstehst, er war nicht wie die anderen, er war …«

»Traurig?«

»Nein. Wie soll ich sagen? Er war …«

»Wehmütig!

»Nein. Er war … in der Union für die Heimkehrr ins Vaterland, wusstest du das?«

»Ja.«

»Aber dann hat er aufgegeben. Wir haben beschlossen zu bleiben. Sie quält mich, Sonjetschka, bittest du Kuckuck …«

»Ja.«

»Sie ist böse mit mir wegen … Weißt du, weshalb? Wegen Anastasia …«

Sie hat einen Finger vor den Mund gelegt, und diese Geste einer »alten Bekloppten«, wie mein Vater sagt, hat mich mehr erschreckt als alles andere, wovon ich überhaupt nichts verstand. Sie hat gehetzte Blicke auf die alten Hutzelweiber geworfen, mit denen sie das Zimmer teilte, und geflüstert:

»Denn ich, ich weiß …«

Sie hat sich an die Brust geklopft und ganz leise wiederholt:

»Ich weiß …«

Und dann hat sie wie die würdige Großmutter einer künftigen Tragödin angefangen, sehr laut zu sprechen, mit munterer und unbefangener Stimme:

»Und, Sonjetschka? Hat Melchiorr«, sie hat mir überdeutlich zugezwinkert, »hat Melchiorr nach der Feder gegriffen?«

Ich habe verlegen den Kopf geschüttelt, und sie hat mit ihrer Komödie aufgehört. Sie war enttäuscht. Ich ärgerte mich über mich. Ich spürte, dass eine Antwort von Melchior-Bonnet viel besser geholfen hätte als ein Schlafmittel, um ihre Ängste zu vertreiben: die Versicherung, Tanja Maximowa, die einfachen Leute in der Klinik, die Krücke, die Qualen, die sie umtrieben, seit sie alt war: seit sie auf der Straße gestürzt war.

»Geh jetzt nach Hause, es wirrd dunkel, ich mag es nicht, wenn du so spät noch auf der Strraße rumläufst …«

Ich war aufgestanden, um sie zu küssen und zu gehen, als die Glocken von Sainte-Thérèse 18 Uhr läuteten, und die alte Gekrümmte hat inbrünstig gebrüllt: »*Stille Nacht! Alles schläft, einsam wacht nur das traute hochheilige Paar!*«

Niedergeschlagen habe ich mich wieder hingesetzt. Bei so einem Lärm konnte ich Babuschka nicht Auf Wiedersehen sagen. Wir haben resigniert gewartet, die andere glaubte immer inbrünstiger, und ihre Stimme stieg mindestens drei Oktaven empor. »*Holder Knabe mit lockigem Haar!*«

Babuschka hat sich auf mich konzentriert. Zum ersten Mal haben wir uns lächelnd in die Augen gesehen, amüsierte Komplizinnen in dem ganzen Wahnsinns, der uns umgab. Die andere war bei »*Jesus, der Retter ist daa!*«, als meine Großmutter die Hand auf meine gelegt hat. »*Jesus*«, brüllte die Alte. Babuschka hat meine Hand in ihre genommen. »*Jesus, der Retter ist da!*«, sie hat sie ganz fest gedrückt, und dann hat sie sie an ihre Lippen geführt.

So was. Das war mehr als ein wunderbares Weihnachten.

Das war eine Revolution.

ICH GING OFT ZU LULU, er spielte seine Spaghettinummer auf dem Cours Saleya, und wenn er fertig war, gingen wir zum Strand, um über unsere Pläne zu sprechen, die alten, die neuen, die, auf die wir gar keine richtige Lust mehr hatten, und die, die entstanden, während wir davon sprachen.

Als ich an diesem Tag hinkam, war die Nummer fast zu Ende, es standen ziemlich viele Leute um Adriano und ihn herum, ich hatte immer etwas Mühe, meinen Freund hinter seiner Schminke, der hohen Stimme und dem tollpatschigen Gang zu erkennen. Adriano spielte den Restaurantgast, Lulu den Kellner und Koch.

»Was sind das überhaupt für Spaghetti?«, fragte der Gast unzufrieden und sah auf seinen Teller. Lulu steckte fast das Gesicht rein und sagte:

»Waas, für Spaghetti?«

»Wo ist die Tomatensoße?«

Lulu trampelte nervös, panisch, gehetzt auf der Stelle und schrie:

»Die Tomatensoße! Die Tomatensoße! Ach so! Da ist sie!«

Und triumphierend rief er: »Tomaaatensoße!«, während er eine Tomate über Adrianos Gesicht zerquetschte. Jetzt mischte sich das Lachen der ganz Kleinen mit dem der Eltern, sie hielten sich die Hand vor den Mund angesichts der Dummheiten des Clowns und sahen zu den Großen hoch, um sich zu vergewissern, dass die sich auch amüsierten und dass sie diese Freude teilen durften, ohne sich zu schämen. Als Lulu das Tischtuch schüttelte, um es wegzuräumen, war die Nummer zu Ende, eine Staubwolke stieg aus dem Stoff auf, das Lachen setzte wieder ein, und die Leute suchten in ihren Taschen nach Kleingeld. Das Tischtuch war voller Talg, Lulu weinte mit großen Grimassen, und Adriano ging mit dem Hut herum. Dann zerstreute sich die Menge, und die Clowns räumten ihr Material in den Koffer, legten die Verkleidung ab, die sie über ihre Sachen gezogen hatten, wischten sich das Gesicht ab, teilten die Einnahmen. Wir gingen zum Meer.

Im September ist der Strand in Harmonie mit dem Meer, der Gegensatz zwischen den glühenden Steinen und dem eisigen Wasser ist ebenso verschwunden wie die Menge am Strand und das Echo der Stimmen, Nizza gehört wieder uns. Irgendwie sind wir stolz, in einer Stadt zu wohnen, die nur wir kennen, einer Stadt, die monatelang so tut, als würde sie sich anderen hingeben, aber doch nur das zeigt, wofür die Touristen sie bezahlt haben: das Meer und den sonnenbeschienenen Strand. Die Paläste. Den Akzent. Nicht mehr. Danach gehört sie uns. Und das lässt sich nicht erklären. Diese Mischung aus Pastell und Herbst, die Schüchternheit des weißen Morgens und diese Abende, die immer früher hereinbrechen, ohne Härte, nur ein kleiner Abschiedsschmerz. Manchmal habe ich das Gefühl, dass wir alle dem Himmel gehorchen, wir sind seinem Gesetz unterworfen, und das gefällt mir. Ich würde ihm gern sagen: »Nur zu, sag mir, wann die Nacht kalt und die Sonne feindselig ist, sag mir, wann ein Unwetter droht, wann es runterkommt, oder wann es noch mal mild sein wird, ich passe mich an. Allem.«

»Ich hätte mir nie vorgestellt, noch vor … noch vor vier Monate hätte ich mir nie vorgestellt, dass ich ganz allein klarkomme. Geld ranschaffen, mich richtig um meine Großmutter kümmern. Ich habe mich verändert, und wie.«

Lulu sprach nicht viel. Er hörte zu. Danach war es so, als hätte er erlebt, was ich ihm erzählte. Sicher hätte er mir die Rue Rossini, die Klinik und Babuschkas Charakter beschreiben können, als wären sie ihm ganz vertraut.

»Ist es denn so schlimm, dass mein Großvater bei der Mondiale gearbeitet hat, obwohl er Russe war? Mussten sie denn alle Taxifahrer sein oder was? Warum kommt das jetzt wieder hoch?«

»Die alte Tanja hat das Gefühl, dass deine Großmutter schon halb erledigt ist. Sie ist in der Klinik, das ist der richtige Moment, ihr ihren ganzen Groll ins Gesicht zu schleudern.«

»Was heißt das, ›er hatte Freunde‹, und diese ›Union

für die Heimkehr ins Vaterland‹, was ist das für ein Scheiß?«

Ich war gern ein bisschen vulgär, jetzt, wo ich groß war, wo ich durch Nizza zog und unter der Verantwortung bald zusammenbrach. Vulgäre Worte drückten meine Gedanken gut aus.

»Dieser Scheiß heißt Spionitis, und du bist drauf reingefallen. Wenn du glaubst, dass dein Großvater bei der Versicherung gearbeitet hat, weil er von irgendwelchen Dreckskerlen protegiert wurde, denen er Informationen geliefert hat, hast du einen Knall. Dein Großvater war ein Dichter. Ein Mann ... wie soll ich sagen ... verdammt, Sonja, er liebte Russland! Wie man seine Mutter liebt. Er dachte, er habe seine Mutter verraten! Das tut weh, aber es ist einfacher, als zu denken, dass sie uns rausgeschmissen hat.«

Das verstand ich gut. Mama bereitete im Opernviertel mein Kommen in größter Geheimhaltung vor: kein Brief, kein Anruf, kein Lebenszeichen. Nichts.

»Anastasias Geheimnis, darum geht's eigentlich. Das ärgert ihre alten Freundinnen. Meine Großmutter weiß Sachen, die sie nicht sagt, und es bringt die anderen fast um, dass sie ihr nicht die Wahrheit entreißen können.«

Lulu holte einer Zigarette raus und rauchte mit zusammengekniffenen Augen, ich kniff die Augen auch zusammen, um dasselbe zu sehen wie er: Das Meer bestand aus tausend Leuchtpunkten, die sich übereinanderschoben und zwischen meinen Lidern zitterten. Die kleinen Wellen atmeten immer im selben Rhythmus, ich hatte das Gefühl, an der Wasseroberfläche zu sein und mich mit ihnen zu bewegen. Die Steine zitterten, wenn sich das Wasser zurückzog, man musste sehr aufmerksam sein, um seinen Atem zu hören.

»Willst du wirklich Schriftstellerin werden, Sonja?«

»Ja.«

»Wie heißt der Chefredakteur von *Historia*?«

»Was?«

»Der Chefredakteur von *Historia*, wie heißt der?«

Ich habe die Augen aufgerissen, das Meer war wieder an seinem Platz.

»Äh … er heißt Melchior-Bonnet …«

Lulu drückte seine Zigarette aus und lächelte:

»Sie wird es nur ihm erzählen.«

»Und mir? Warum sollte sie es nicht mir erzählen?«

»Sie hat es nicht getan.«

Nein. Sie hatte es nicht getan. Ich hatte nur ein paar lyrische, halb verschlüsselte Briefe, die schwarze Krimtomate und einen Kuss auf die Hand abgekriegt. Das war alles. Ich zog die Schuhe aus und lief am Meer entlang, direkt am Schaumrand, um die Brandung zu spüren, Nizza von weitem zu sehen und Lulu auch. Er hat mich lange so laufen lassen, mit meinem Schmerz und meinem Ärger. Als meine Füße zu kalt wurden und ich einsah, dass er nicht nachkommen würde, bin ich zurückgegangen und habe mich neben ihn gesetzt, obwohl ich ihn hätte verprügeln können.

»Sie muss diesen Chefredakteur treffen.«

»Wunderbar, Lulu! Zauberst du ihn aus deinem Hut? Nein, besser. Du kommst in die Klinik und läufst wie ein Chefredakteur, und dann offenbart sie dir ihre Geheimnisse und ihre schrecklichen historischen Wahrheiten! Komm, sei still, mach was anderes nach, den Wind, den Regen, alles, was du willst, aber sei still.«

»Du hast nichts begriffen.«

»Ach nein? Na, was ist denn deine Idee?«

»Von der Pantomime. Du hast nichts von der Pantomime begriffen. Ich mache das Wasser nicht nach. Ich BIN das Wasser. Oder der Wind. Der Baum. Die Blume.«

»Super! Viel Vergnügen.«

»Ich stecke im Rhythmus, in der Bewegung der Elemente.«

»Und ich stecke in der Scheiße! Kannst du das auch?«

Er ist aufgestanden. Er läuft wie ein sehr großer Mensch, ziemlich alt, müde, mit einer Krücke. Er stützt sich auf die Leere, damit ich sehe, wie sich seine Hand an den Griff klammert, er zieht die Schultern hoch, dann schleudert er erst die Krücke vor, dann das Bein. Er zieht seinen Körper nach, schleift ihn mühsam mit sich. Und dann eine Bewegung nach oben, sein ganzer Körper hängt in der Luft, dem Himmel entgegengereckt, und er sagt:

»Da: eine halbe Sekunde Reglosigkeit. Und in dieser halben Sekunde Reglosigkeit, als sie verstanden hat, dass sie stürzen würde, hat deine Großmutter an die wichtigsten Dinge in ihrem Leben gedacht.«

Eine Abwärtsbewegung, und er fällt auf die Steine, langsam, mit jedem Muskel, jeder Parzelle seines Körpers. Dann schließt er die Augen.

Da ich trotzdem noch ein bisschen eingeschnappt war, obwohl er mich mit seiner Pantomime wirklich beeindruckt hatte, ließ ich ihn da liegen ... wie ich meine Großmutter liegen gelassen hatte. Er ist aufgestanden und hat sich die Hose abgeklopft.

»In dieser halben Sekunde vor dem Sturz hat sie an die Wahrheit gedacht, die sie aussprechen muss, ehe sie stirbt.«

»Prima, Herr Guru, und weiter?«

»Sie muss nach Paris fahren.«

»Das wird ja immer besser. Am besten, wir überfallen gleich einen Krankenwagen und machen uns auf in die Hauptstadt. Es ist mild, der Himmel hängt tief, gute Fahrt!«

»Schreib den Brief anstelle des Chefredakteurs von *Historia*, sag Mascha Sergejewna, dass du sie in der Redaktion erwartest, dass du ihre Informationen dringend brauchst.«

»Ich mag dich gern, aber du lebst in einer Fantasiewelt.«

»Und wenn schon.«

»Ja. Und wenn schon.«

Und so blieben wir eine Weile sitzen, ein bisschen enttäuscht voneinander und traurig. Es wurde dunkel, mir war kalt und ganz schlecht bei der Vorstellung, allein in die Rue Rossini zurückzugehen, vor dem Fernseher zu essen, in der leeren Wohnung ins Bett zu gehen, und niemand zum Gute

Nacht sagen, niemand, der sich um mich sorgt, mich voller Angst sucht und meinen Vornamen brüllt. Manchmal fehlte mir die Kindheit. Was mich belastet hatte, fehlte mir jetzt.

»Stürzen lernen ist sehr schwer.«

»Bestimmt. Du machst es sehr gut.«

»Eine Stufe verpassen, gegen eine Tür knallen, sich neben einen Stuhl setzen, sich auf einen Pfosten stützen wollen und ihn verfehlen … das ist schwer. Hast du wirklich eine Nelke gespielt?«

»Nur ein bisschen! Die rote Nelke und auch die weiße«, habe ich gelogen, »sind ganz anders als die gelbe oder auch die blassviolette und die veilchenblaue, Sachen, die du bei deinem Marcel Marceau niemals lernen wirst.«

»Wir frieren bald fest«, hat Lulu gesagt und ist aufgestanden.

Ich bin auch aufgestanden. Ich war wütend auf das Meer, ich war sicher, dass es mich noch trauriger machte, es hat immer eine unglaubliche Begabung, meine Stimmungen zu verstärken, dieses Mittelmeer ist ebenso gut in der Nachahmung wie Lulu, ein wahres Chamäleon.

»Meine Mutter kocht bessere Spaghetti als ich, kommst du mit zum Abendessen?«

»Wohin?«

»Zu mir.«

»Zu dir? Mit deiner Mutter, deinen Schwestern und allen?«

»Und allen.«

Ich habe eine halbe Sekunde nachgedacht, wie vor einem Sturz, und in dieser halben Sekunde habe ich gesehen, dass ich einen Abend in Familie verbringen würde … Lulu begriff, dass mein Nicken und mein abgewandter Blick ein riesiges, stummes Ja waren.

Wir sind lange gelaufen bis zu ihm, durch das Piol-Viertel und das Russenviertel: Emigration, Kathedrale, Paläste und Pensionen, ich spürte, dass Nizza voll war mit meiner Geschichte, die es besser kannte als ich selbst. Nizza mit meinem zerrissenen Großvater, seiner entwurzelten Frau und ihrer Tochter, die dazwischen stand wie in einem Niemandsland.

»Immerhin! Wir haben dieser Stadt einiges gegeben!«

»Wer: wir?«

»Na wir, die Russen!«

Plötzlich war ich wütend. Verdammt wütend auf die ganzen Jahre der Ungerechtigkeit, des Ärgers, der Bemühungen um Anpassung, indem man sein Anderssein, seinen Akzent unterdrückt und jedem Franzosen dankt, wie ein Muschik seinem Herrn.

»Für dich ist es einfach, Lulu, von Nizza nach Villefranche zu fahren. Du nimmst dein Auto, und hopp, geht's los.«

»Ich habe kein Auto …«

»Die Kaiserin Alexandra Fedorowna hat diese Straße bezahlt, sie war's! Hast du ihr gedankt? Nein. Niemals. Und dein Gymnasium, die Villen, die Paläste, die Gärten, wer hat sie gemacht, na? Wer? Wir! Sogar die Seebäder, lange vor den Amis, glaub mir, das Bains Georges war das erste öffentliche Bad in Nizza, und das waren wir auch!«

»Was heißt ›danke‹ auf Russisch?«

»Spasibo.«

»Okay.«

»Sag's.«

»Nein, ich spiele es lieber.«

Und er machte eine kleine Verbeugung.

»Ich werde immer wütend, wenn ich über uns rede. Warum?«

Er hat mit einer Grimasse geantwortet, die hieß, dass er keine Ahnung hatte.

»Seit wann bist du eigentlich Russin?«

»Ich? Bist du krank? Immer schon!«

»Ich glaube, du bist so wütend, weil du es eben nicht bist. Du bist nicht wie deine Mutter und deine Großeltern. Du bist Französin.«

Wir standen in seinem Hausflur, ziemlich dunkel und feucht, mit dem Lärm der Schnellstraße und dem Knattern der Mopeds im Hintergrund, die sich mühsam den Hügel hinaufquälten.

»Wenn ich mir überlege, dass dein Großvater netten Franzosen in UNSERER Versicherungsgesellschaft die Arbeit weggenommen hat, bin ich entsetzt! Wirklich entsetzt …«

»Mistkerl! Vergreif dich nicht an meinen Vorfahren! Verdammter Mistkerl!«

Und so haben wir uns die Treppe hinauf verfolgt, es tat mir gut, auf ihn einzuschlagen, er brüllte: »Du bist Französin! Nur eine arme kleine Französin!«, und als seine Mutter im fünften Stock die Tür aufgemacht hat, war ich so außer Atem, als wäre ich von Villefranche über die Berge gekommen.

An diesem Abend habe ich mit seinen beiden Schwestern und seiner Mutter in der Küche gegessen. Ab und zu klingelten Nachbarn, kamen Freunde vorbei, einfach so, eine Frage, ein Rat, sie schwatzten zwei Sekunden im Treppenhaus und gingen wieder. Die Mutter schimpfte ein bisschen, nur pro forma: »Wir essen gerade!«, sagte sie, wenn die Gespräche länger dauerten, aber ich spürte, dass es zu ihren Gewohnheiten gehörte, ein Leben als Kehrseite von meinem, dieser Abend das Gegenteil von meinen.

So hatte ich mir das Essen in Familie nicht vorgestellt. Ich stellte mir lebhafte Gespräche vor, große Diskussionen und ab und zu unverkennbare Zeichen von Vertrautheit: Die Schwestern legen sich den Arm um die Schultern, man sagt »Ich hab dich lieb, Mama«, während man ihr den Teller reicht, und alle zusammen planen die nächsten gemeinsamen Ferien, weil man sich nie trennt, das wäre zu hart. Aber nichts dergleichen. Alles mischte sich in einem eher rauen Durcheinander. Kaum Zeit, mit vollem Mund zu fragen: »Ist's gut gelaufen mit deinen Spaghetti, Lulu?«, gleich gefolgt von der Frage: »Glaubst du, ich habe nicht gemerkt, dass du meine Wimperntusche geklaut hast, Sandrine? Wusstest du, dass sich Sandrine schminkt, Mama? Gib mir mal das Wasser.« Sie beschimpften sich, während sie sich nach Neuigkeiten erkundigten, machten sich seelenruhig Vorwürfe, nichts artete aus, kein Drama drohte. Ich habe ein bisschen gebraucht, bis ich verstanden habe, dass sie aneinander gewöhnt waren, das war es, sie sahen sich jeden Tag, sie waren jeden Abend in dieser Küche im fünften Stock verabredet, und für sie bestand das Leben aus Vorwürfen und Aufmerksamkeiten, aus Neugier und kleinen, harmlosen Abrechnungen.

Ihr Vater war Fernfahrer und nicht oft zu Hause. Irgendwie widmete er ihnen seine Abwesenheit, machte ihnen das Geschenk, weg zu sein, aber nur, damit sie leben konnten, damit sie in der Küche gefülltes Gemüse aßen und sogar zu viel davon hatten; deswegen konnten sie es sich leisten, ohne Vorwarnung Leute einzuladen. Niemand hatte sich gewundert, dass ich zum Essen kam, ich hörte nur die Frage »Wie viele sind wir heute Abend?« und das Klappern der Teller, die auf dem Resopaltisch verteilt wurden. »Bring einen Stuhl aus dem Wohnzimmer mit, wir sind fünf!« Und beim Essen bekam ich nicht die protokollarischen Fragen zu hören, an die mich die Freundinnen meiner Großmutter gewöhnt hatten: »Wie alt bist du? In welche Klasse gehst du? Wie groß bist du?«, lauter Versuche, sich durch Zahlen und Vergleichsgrößen kennenzulernen. Nur: »Mögen Sie gefülltes Gemüse … Wie heißt deine Freundin, Lulu?«

»Sonja.«

»Mögen Sie gefülltes Gemüse, Sonja? Übrigens hat Madame Sanchez endlich ihre Katze wiedergefunden, sie war bei der Bäckerei, wollen Sie auch Zucchini, Sonja? Cécile! Keine Cola zum Essen. Nehmen Sie sich auch etwas Reis. Gehen Sie in das Gymnasium am Parc Impérial? Nein? Lulu will Künstler werden. O la la …«

»A propos, wann bekommst du ihn endlich?«

»Was?«

»Na, den Bescheid für das Stipendium!«

»Leg nicht den Finger in die Wunde.«

»Wann kommt er denn? Sag mal, Mama, wann bekommt Lulu den Bescheid für das Stipendium?«

»Bald, bald, nerv ihn nicht. Schmeckt es Ihnen, Sonja? Ich habe nicht viel Knoblauch drangemacht, Sandrine mag keinen Knoblauch. Geh aufmachen, es hat geklingelt. Aber wir sind schließlich beim Essen!«

Als Lulu mich nach Hause begleitete, war er so traurig, wie ich ihn noch nie gesehen hatte. Er wartete nicht nur darauf, dass Adriano genug Geld beiseitegelegt hatte, um in Paris zu leben, er wartete vor allem darauf, dass er ein Stipendium bekam, um die Marceau-Schule zu bezahlen. Leute aus allen Ecken der Welt wollten dorthin, Australier, Japaner, Mexikaner, Deutsche, sogar Amerikaner. Das Vorspiel genügte nicht, man brauchte auch Geld. Immer das Geld. Ich hätte gern meinen Vater überfallen, im Casino gespielt, verborgene Schätze aus der Zeit gefunden, wo Babuschka noch reich war … Ich wollte nicht, dass mein Freund die Nummer mit der »Tomaaatensoße!« sein Leben lang auf dem Cours Saleya spielte, ich wollte, dass Marceau begeistert wäre von seiner Fähigkeit zu stürzen, Wind und Regen zu sein, zu steppen und auf den Händen zu laufen. Ich wollte nicht, dass er sein Leben damit verbrachte, sich eilig unter einem Torbogen abzuschminken und mit Adriano das Geld in seinem Hut zu zählen, Adriano nahm die ausländischen Münzen, angeblich für seine Sammlung, aber in Wirklichkeit, weil es mehr waren und weil er eine Quelle hatte, wo er sie tauschen konnte. Ich wollte, dass er auf einer richtigen Theaterbühne stand, dass er ins Scheinwerferlicht trat und dass Leute, die lange nach Karten angestanden hatten, ihm applaudieren und Zugaben verlangten.

Geld. Immer das Geld. Ich hatte meine Großmutter eine Vollmacht unterschreiben lassen, um den Scheck meines Vaters bei der Bank einreichen und Bargeld abheben zu können. Ich musste mehrmals hingehen, brauchte noch eine Bestätigung der Ärzte, noch einen Brief von Babuschka und haufenweise Ausweispapiere. Wenn es Leute gibt, die die Alten übers Ohr hauen, müssen sie wohl andere Wege benutzen, weniger ehrliche, aber effizientere.

Als ich an diesem Abend die Wohnung in der Rue Rossini betrat, hatte ich das Gefühl, dass dort irgendwas auf mich wartete. Dass ich mein Leben auf der Schwelle verbracht hatte, ohne die Neugier, die Türen aufzustoßen und hineinzusehen. Es gab Geheimnisse, die ich nicht hatte sehen wollen, man hatte mir Brücken gebaut, über die ich nicht gegangen war. Ich sah Babuschka in ihrem Krankenhauszimmer, ihr langer, runzliger Finger klopfte auf ihre Brust, und sie flüsterte: »Das Anastasia-Geheimnis … Ich … ich weiß es.« Ich sah, wie sie mir ihre Briefe vorlas und ich kaum zuhörte, nur den ersten Satz behielt, entsetzt, kurz davor loszuheulen. Sie hatte nicht mit mir gesprochen. Sie würde vielleicht nur mit dem Chefredakteur von *Historia* sprechen. Aber sie hatte mich so oft ins Vertrauen gezogen, und ich hatte nie Fragen gestellt, hatte mich nie darauf eingelassen. Ich sah ihr beim Kartenspielen zu und sprach von allem, nur nicht von Anastasia. Sie antwortete nicht. Sie wartete, dass ich verstand. Ich verstand nicht. Ich dachte, meine Anwesenheit ist ihr egal, sie ist nur mit ihren Patiencen beschäftigt. Sie hoffte, dass ich sie ausfragte und sie von der Wahrheit befreite, die sie allein kennt.

Als ich in die Wohnung kam, habe ich alle Schubladen aufgemacht: im Schreibtisch, im Spieltisch und sogar in der Küche. Ich habe den Koffer auf dem Schrank aufgemacht. Ich habe den Schrank aufgemacht. Ich habe die Wandschränke aufgemacht. Ich habe die Matratzen hochgehoben. Die Teppiche. Die Kissen. Nichts. Nur das Gefühl, meine Nase in fremde Angelegenheiten zu stecken. Ich habe alte Briefe auf Russisch gefunden und Einladungskarten: Russische Wohlfahrtsgesellschaft, Rotes Kreuz,

Werbung: Karneval von Nizza, Le Calypso, das Restaurant direkt am Meer, alte Telefonmünzen und Lottoscheine, ein besticktes Taschentuch, Knöpfe, Hefte mit Zahlenreihen, schwarz angelaufene Medaillen am Ende zerbrochener Kettchen. Kleider. Elegant. Lang und unmodern. Das war nichts, und dieses Nichts war schrecklich: Würde meine Großmutter morgen sterben, würde dann wirklich nur das bleiben, um von ihr zu sprechen und an sie zu erinnern? Sie, die mich an einen Vulkan denken ließ, der aus dem Meer auftaucht, an einen überhitzten Planeten, an ein Gedächtnis, so groß wie ganz Russland, sie würde nur ein paar Papierschnipsel und Fotos ohne Unterschrift hinterlassen? Sie hatte nicht nur ihr Land mit warmen Kleidern und Schmuck zum Verkaufen verlassen, sie hatte auch in Frankreich Jahr für Jahr alles ausgelöscht, was sie ihrer Meinung nach verraten und bloßstellen konnte. Je weniger ich fand, was ich suchte, ohne genau zu wissen, was ich suchte, desto mehr spürte ich, dass ich recht hatte: Man musste schnell machen, und die Wahrheit, IHRE Wahrheit, musste ausgesprochen werden. Ich fragte mich, ob sie in diesem Augenblick in ihrem elenden Vierbettzimmer schlief, ob sie manchmal mit den Alten sprach, die es mit ihr teilten, ob sie sich Kuckuck ein bisschen anvertraute, wenn sie mit der flehenden Miene eines kleinen Mädchens, das eine letzte Süßigkeit verlangt, um ein Schlafmittel bat. Ich wollte, dass sie nicht mehr bettelte. Dass sie nicht mehr litt und humpelte. Ich wollte, dass sie die Historiker begeisterte, die ihrem Bericht lauschen sollten, ohne sie zu unterbrechen, das Tonband eingeschaltet und das Gehirn wie benebelt. Ich wollte, dass man ihr schweigend zuhörte, ohne sich zu regen, nur ab und zu ein bewunderndes Kopfnicken.

Als die Nachbarn gegen die Heizkörper schlugen, weil sie genug hatten von dem Heidenlärm, reckte ich mich gerade zum Schrank hinauf, um den alten Koffer wieder zurückzustellen. Ich war fast dankbar, dass jemand von mir verlangte, in meiner Suche innezuhalten, ich war erschöpft. Ich habe mich auf Babuschkas Bett fallen lassen, habe die Augen zugemacht und diesen Traum gehabt.

Mein Nachthemd ist lang. Auch meine Haare sind lang. Ich bin ein paar Jahre älter. Es ist Nacht, und ich schlafe in einem Bett in dem großen, eiskalten Haus hinter dem Ural, in Sibirien. Ich habe Schwestern, einen kleinen Bruder, einen Hund. Eltern, die im Nebenzimmer schlafen. Diener. Ich schlafe, ohne zu schlafen. Ich schlafe und gleichzeitig überwache ich sie, wache über alle und bete. Ich bete zur Jungfrau und ihrem Sohn, spreche das Vaterunser, aber die Worte sind anders, wie ein altes Lied, an das ich mich nicht mehr richtig erinnern kann. Der Wind versucht unter dem Fenster hindurchzukommen, ich frage mich, wie man den Wind aufhalten kann, ich weiß, dass er aus dem Wald kommt und dass er schlecht ist, und auch, dass ich die Einzige bin, die ihn hört. Ich höre auch meine Schwestern schlafen, und ich weiß, dass es in dieser Nacht wieder anfangen wird, dass sie keine Zeit haben werden, ihren Traum zu beenden. Also beeile ich mich, bete hastig weiter, bitte die Jungfrau, den Wind zu stoppen, der aus dem Wald kommt, und der Wind mischt sich mit den Schlägen an die Tür und den Befehlen. Ich erkenne die Stimme. Es ist eine laute Männerstimme, vulgär, alkoholdurchtränkt, sehr tief, die uns befiehlt, ganz schnell aufzustehen. Alle gehorchen. Ich sage mir: »Es ist so weit. Jetzt passiert es.« Meine Schwestern lächeln beim Ankleiden, sie ziehen lange schwarze Röcke und weiße Blusen an, sie kämmen sich. Ich nehme meinen kleinen Hund auf den Arm. Meine Schwestern nehmen Sachen vom Tisch, Ikonen, Bücher, Hefte, und drücken sie an sich. Mir ist kalt. Ich gehe mit meiner Familie und den Dienern hinunter in den Keller. Dort sieht man nichts, wir tragen Lampen, wir stoßen aneinander, der Weg in den Keller hört nicht auf, es riecht nach Wein und Feuchtigkeit, ich sehe meinen kleinen Bruder auf dem Arm meines Vaters. Er winkt mir zu, er hat keine Angst, aber ich sehe genau, dass wir stürzen und hinabsteigen, das Haus hat nur zwei Etagen, aber wir steigen endlos in die Dunkelheit hinunter. Und dann kommen wir endlich im Keller an. Die Wand ist kaputt, die Tapete zerfetzt. Auf der Erde ist Blut, Blutlachen, die nicht ineinanderfließen, und Kugeln, alles voll, überall, und niemand sieht es außer mir. Ich versuche, meine Familie zu warnen, aber ich kann nicht sprechen, ich möchte Zeichen machen, auf die Löcher in der Wand und das Blut auf der Erde zeigen, aber niemand sieht mich an. Meine Mutter verlangt Stühle, man bringt ihr

Stühle. Wie bei *Goldlöckchen und die drei Bären*: einen großen für meinen Vater, einen mittleren für sie und einen ganz kleinen für meinen Bruder. Ich drücke meinen Hund an mich. Mein Vater setzt sich auf den großen Stuhl, er ist zu groß, er nimmt den ganzen Raum ein und berührt fast die Decke. Meine Mutter setzt sich auf den mittleren, sie sagt: »Ich sitze schön gerade!« Mein Bruder setzt sich auch, auf einen ganz kleinen Stuhl dicht am Boden, und ich schreie: »Setz dich nicht hin! Gestern hast du dich hingesetzt und sie haben dich getötet!«, aber er streckt mir die Zunge raus, eine bläuliche Zunge, und jetzt, wo sie sitzen, habe ich große Angst, ich möchte raus, aber da steht der Kommandant. Er ist rot, ganz in Rot gekleidet, er steht im Keller, uns gegenüber, er sagt, wir sollen uns in einer Reihe aufstellen, und fängt an, seinen Brief vorzulesen. Alle hören ruhig zu, sie stehen in einer Reihe und hören zu. Ich weiß, dass wir sterben werden. Wenn der Kommandant den Brief vorliest, heißt das, dass wir sterben werden. Ich reiße das Kopfkissen aus den Händen der Dienerin, ich zerfetze es mit den Zähnen, Diamanten und Perlen fallen heraus, ein Strom, Ketten, so lang wie Riesenschlangen; ich ziehe immer weiter an den Ketten und sage mir: »Beeil dich, du musst die Kugeln der Henker abprallen lassen, das hat Babuschka gesagt!« Ich stecke den Schmuck in meine Bluse, und der Kommandant liest weiter seinen Brief vor, er sagt mit höflicher Stimme: »Wir werden Sie alle liquidieren«, und alle hören ihm zu, ohne mit der Wimper zu zucken. Ich ziehe meine Schwestern an den Haaren, um ihnen riesige Diamanten zu geben, aber sie sagen, dass ich unartig bin, jede Nacht bin ich unartig, und sie wollen nicht mehr mit mir sprechen, sie drehen sich um und hören dem Kommandanten zu. Ich würde es ihnen gern gleichtun, aber ich sage mir wieder, dass ich Babuschka gehorchen und die Kugeln der Henker abprallen lassen muss. Dann geht die Tür auf. Soldaten kommen rein, mit großen Stiefeln und Mänteln aus grobem Stoff, sie verteilen überall Schlamm, alles ist voller Schlamm und voller Soldaten. Wie eine Armee. Sie nehmen den ganzen Platz im Keller ein, wir stehen eng zusammengedrückt, stoßen aneinander, schubsen uns gegenseitig, und immer noch kommen neue Soldaten, immer mehr. Als sie hereinkommen, hört man draußen Lastwagen, es klingt wie Lastwagen. Sie sagen Grobheiten. Sie berühren die Brüste meiner Schwestern. Ich schäme mich, diesen Albtraum zu träumen, ich sehe die Brust meiner Lieblingsschwester, sie ist sehr schön, ganz weiß. Sie schubsen meine Schwestern zur Wand, und als sie lachen, haben sie keine Zähne, ihre Münder sind schwarze, stinkende Löcher. Ich bedecke mich mit Schmuck, umwickle mich mit Schmuck, ich bin ganz mit Schmuck behängt, wie ein Baum voller Lichter. Mein Vater steht von seinem Riesenstuhl auf, er ist sehr wütend, er macht den Mund auf, um mit mir zu schimpfen, aber ein Gardist schießt ihm in den Kopf. Mein Vater sagt: »Was?«, und fällt zu Boden. Dann die anderen. Meine Schwestern, mein kleiner Bruder, meine Mutter, der Arzt, die Diener; die Soldaten schießen ihnen in den Kopf, und man sieht fast nichts mehr im Dampf der Revolver, und mein toter Vater fleht mich an: »Dein kleiner Bruder ist krank, er soll nicht in den Wald gehen.« Dann schreit mein Bruder: »Ich bin zu krank!«, und man schießt ihm noch ein paar Mal in den Kopf. Mehrmals schießt man, mehrmals in die Köpfe, aber sie sind unversehrt. Meine Schwestern sehen mich reglos an, sie liegen auf dem Boden, jede in ihrer Blutlache, und ihre blauen Augen sind offen. Zweige wachsen aus der gestreiften Tapete, sie mischen sich mit den Bajonetten, sie bohren Löcher in die Wand, sie schieben sich ins Zimmer und packen alle, ich erkenne sie nicht mehr und ich schreie, weil ich weiß, dass man sie jetzt in den Wald bringen wird. Der Lastwagen steht hinter der Tür, er ist ins Haus hineingefahren, ich weiß nicht, wie, und die Soldaten werfen meine Familie hinein, mein kleiner Bruder winkt mir wieder, wie auf der Treppe, ich will auch mit, ich will sie nicht verlassen und allein bleiben, aber die Soldaten sagen: »Nein. Du nicht. Du hättest ja nicht den Schmuck anlegen müssen.« Und der Lastwagen fährt los, fährt in die Nacht, ich sehe die roten Rücklichter, er entfernt sich, und ich will nicht allein in diesem Keller in Sibirien bleiben, also renne ich, niemand ist auf den dunklen Straßen, nur der Lastwagen, und ich renne, die Straßen sind breit wie Boulevards, aber voller Erde, ich renne, es gibt keine Häuser, nur riesige Straßen und Schlamm, ich renne und ich sehe nichts, nur die roten Lichter des Lastwagens, ich hole ihn ein, und meine ganze Familie ist drin, ich klammere mich an den Lastwagen, es ist sehr kalt und wir kommen in den Wald. Dort stehen schwarze, sehr hohe Bäume, man hört die Wölfe und den Wind. Ich bin erleichtert, bei meiner Familie zu sein, aber im Licht der Scheinwerfer sehe ich, wie die Soldaten die Kleider meiner Schwestern aufschlitzen, und ich sage mir: »Jetzt geht es wieder los. Ich werde Angst haben.« Sie stoßen meiner Mutter die Gewehrkolben ins Gesicht, ich mache den Mund auf, aber ich kann nicht schreien, sie reißen meiner Lieblingsschwester die Arme und die Beine aus, ich frage mich, wo ihre Haare sind, ich habe Angst, dass sie ihren Dutt kaputtmachen, und als sie meinen kleinen Bruder zerstückeln, fange ich an zu weinen, ich weiß, dass sie ihn ins Feuer werfen werden, mein Vater wird mir böse sein, und ich schreie, ich schreie, und das erfasst den ganzen Wald, ich schreie, weil ich nicht mehr weiß, wo mein kleiner Hund ist, ich habe meinen kleinen Hund verloren. Ich gehe zu den Soldaten und frage, wo ist mein kleiner King-Charles-Spaniel, sie sagen: »Mit dir sprechen wir nicht«, und sie gießen Benzin auf die Glieder meiner Familie. Ich will Jimmy suchen, aber ich will meine Lieblingsschwester nicht ganz allein verbrennen lassen, ich sehe in den Brunnen, aber ich sehe meinen Hund Jimmy nicht, ich sehe die Mieder meiner Schwestern im Brunnen, und Bänder und Haare, und ich sage mir: »Der Albtraum soll aufhören«, und ich setze mich auf einen Baumstumpf in die Nacht. Ich sehe die Flammen, fast so hoch wie die Bäume, meine Familie brennt lange, ich bin ruhiger, ich überlege mir, dass ich nach Nizza fahren werde, in die Rue Rossini 37. Mir ist kalt, ich werde nach Nizza fahren. Ich werde zu meiner Großmutter gehen, Rue Rossini 37. Ich werde zu Babuschka gehen.

Am nächsten Tag ging ich nicht in die Schule. Auch nicht in die Klinik und nicht zum Cours Saleya, wo Lulu seine Tomate über Adriano zerdrückt. Am nächsten Tag bin ich in die Rue Gioffredo gegangen, wo Monsieur Tara als Sprecherzieher unterrichtet. Die Schule war in einem Hinterhof, im Erdgeschoss eines alten Hauses. Da ich vor Unterrichtsschluss da war, konnte ich ihn und seine Schüler durch die Glastür sehen. Sie hatten alle einen Bleistift zwischen den Zähnen, wie Bolschewiken, die sich entschlossen haben, lieber Zeichner als Schlächter zu sein. Das hätte zu den vielen Dinge gehören können, die Babuschka bedauert; sie klagt oft darüber, dass Stalin das Priesterseminar verlassen, Lenin sein Jurastudium aufgegeben und Hitler nicht weitergemalt hat. Aber diese Schüler zeichneten nicht. Sie sprachen mit dem Bleistift im Mund; Monsieur Tara, seine Hündin auf dem Arm, ging zwischen ihnen hin und her und skandierte: »Eine sanfte Sommerbrise säuselt im satten Sumpfgras des Silbersees.« Seit Jahren machte er das, alle Achtung, da musste man wirklich Angst vor der Rente haben und wenig Lust zum Baden! Er war mehr bei der Sache als seine Schüler, die ständig den Bleistift aus dem Mund nahmen, um miteinander zu schwatzen, und sogar herumliefen, ohne dass er eingriff. Allmählich kamen sie heraus auf den Hof, allein oder in kleinen Grüppchen, zu zweit oder zu dritt, Zigaretten im Mund, Tuch um den Hals, Bücher an die Brust gedrückt, und die Mädchen hatten alle langes Haar, durch das sie mit einer großartigen Geste strichen, die ihre Armbänder klingeln ließ. Sie versuchten, wie Künstler auszusehen, das merkte ich sofort. Sie versuchten, etwas zu zeigen, das sie nicht sein konnten. Beim Sprechen klimperten sie übertrieben mit den Wimpern, damit niemandem ihre Verwunderung entging, lachten und warfen gelangweilt mit vulgären Worten um sich, ja, sie waren müde, erschöpft davon, so viel zu wissen. Einige übten ihre Texte, die Mädchen guckten wie eingebildete Puten, die Jungen verloren und unglücklich, sie redeten, redeten ohne Pause, ich dachte an Lulu, wie er den Sturz meiner Großmutter spielte und vielleicht träumte, dass Marcel Marceau in diesem Moment am Strand vorbeikam und ihm einen Freiplatz schenkte. Ich dachte an meinen Albtraum, der wahrhaftiger war als die Wirklichkeit und trotzdem falsch. Ich dachte an die in Babuschkas Herzen eingeschlossene Wahrheit, ich fühlte, dass das Alter schlimmer an ihr nagte als eine Wunde, und alles kam mir lächerlich vor, gemessen an der Dringlichkeit, sie zum Sprechen zu bringen. Ein Junge, klein, mager, mit spitzem schwarzen Bärtchen über misshandelten roten Pickeln, hat mich angesprochen:

»Könntest du mir die Stichworte für den *Menschenhasser*

geben? Martine ist nicht da, sie muss zum Vorsprechen für *Die respektvolle Dirne.*«

»Tut mir leid, das geht nicht, ich spiele nur russische Autoren.«

»Ach so? Aus ethischen oder ästhetischen Gründen?«

»Das war geschwindelt. Ich gehöre nicht zum Kurs, ich warte auf Monsieur Tara.«

»Auf den alten Knacker? Was willst du denn von dem?«

Ich habe herablassend gelächelt, er ist zwei Mädchen hinterhergerannt, die sich zündende Stichwörter ohne Reim zuwarfen, offenbar spielten sie zwei Schlampen und hatten keine Ahnung. Ich wusste, dass die Schlamperei nicht so großartig daherkommt, sie ist gewöhnlich und banaler, als man glaubt. Und ich mochte es nicht, wie die Leute hier Monsieur Tara behandelten. Ich ärgerte mich auch ein bisschen, dass ich so lange Angst vor einem Mann gehabt hatte, der von seinen Schülern ausgelacht wurde, ein verängstigter Lehrer, dem es sicher nicht an Spitznamen fehlte. Aber das war mir alles egal. Ich brauchte ihn.

Er war erstaunt, mich zu sehen, als er rauskam, geschubst von den herumschreienden Schülern, die sich nicht mal entschuldigten, wenn sie ihm auf die Füße traten. Ich habe zu Mimine geschaut, die er an sich drückte, und mir lief ein Schauer über den Rücken.

»Wie denn, mein Fräulein, interessieren wir uns für die dramatische Kunst?«

»Überhaupt nicht … das heißt … nicht besonders … Nicht heute.«

»Geht's der Oma gut? Kommt sie nicht bald wieder raus?«

»Eben. Darüber wollte ich mit Ihnen sprechen.«

»Geht es ihr gut?«

»Sie ist, wie soll ich sagen … Ich glaube … sie ist wütend.«

»Bestens, bestens. Wut ist das Beste, um zu kämpfen.«

Ich war nicht in der Stimmung, mir seine pseudophilosophischen Ergüsse und diese Phrasen aus dem *Reader's Digest* anzuhören. Ich brauchte ihn, aber ich fand mich garstig, ich durfte keine Sekunde mehr verlieren, es blieb keine Zeit für lange Vorreden.

»Es ist sehr dringend, ich muss mit Ihnen reden.«

»Ich höre.«

»Na ja, nicht hier.«

»Ich habe eine Verabredung. Ich bin in Eile. Geh schon, Mimine, geh.«

Und er hat die Kleine abgesetzt, die ein Moped auf ihre Art begrüßt hat; der erschöpfte »Künstler«, dem es gehörte, verdiente es nicht besser. Ich verstand, dass ich nicht mehr Redezeit hatte, als Mimine zum Pinkeln brauchte, das machte mich wieder nervös.

»Meiner Großmutter geht es nicht gut«, habe ich gelogen, »gar nicht gut. Sie wird ganz depressiv in der Klinik, steht nicht mehr auf, isst nichts, wird immer dünner …«

»Man muss sie da rausholen … Nein, Mimine! Immer diese verdammten Blumenrabatten.«

»Ja. Man muss sie da rausholen. Nur … nur …«

»Ja?«

Ich verlor den Faden, ich hatte mir ein feierlicheres Gespräch vorgestellt, auf einer Bühne, so was wie »Vertraulichkeiten in einem leeren Theater«, etwas, was mir geholfen hätte, mich zu konzentrieren und meine Gedanken zu ordnen.

»Komm, ich wisch dir die Pfötchen ab. Einen wunderschönen guten Tag, Mademoiselle Picard!«

Ich habe gewartet, bis die alte, ganz mit Ketten und Tüchern behangene Theaterlehrerin vorbei war, um mit meinen Lügen fortzufahren:

»Ein Weg, nur ein einziger Weg könnte dazu führen, dass meine Großmutter … sozusagen aufersteht! Ja, das ist das richtige Wort: aufersteht!«

»Gut. Sehr gut. Und was ist das für ein Weg, was für ein kleines Wunder, na?«

»Ein Brief.«

»Aha … Und weiter?«

»Ein Brief von Ihnen.«

»Von mir?«

Er hätte beinah Mimine fallen lassen, die gerade wieder in seinen Armen angekommen war, nachdem sie drei Lavendelpflanzen ausgerissen hatte.

»Ein Brief von mir? Was ist denn das für ein Blödsinn?«

»Nein, nein, das habe ich nur so gesagt, es wäre nicht wirklich ein Brief von Ihnen. Na ja, Sie sind doch schließlich Sprecherzieher …«

»Was hat das mit dem Schreiben von Briefen zu tun?«

»Nichts, ich will damit nur sagen, dass Sie die Wörter gut kennen und Wendungen oder Höflichkeitsfloskeln, so was alles …«

»Also, ich verstehe überhaupt nichts und ich habe es eilig. Kommen Sie zum Kern, junge Dame.«

Er hat sein bordeauxrotes Tuch zurechtgezupft, und ich dachte, wenn er mir nicht hilft, werde ich ihn damit erdrosseln, Pech für Mimine. Ich holte tief Luft, er fing an, mir auf die Nerven zu gehen.

»Meine Großmutter wartet seit Jahren darauf, dass ihr der Chefredakteur von *Historia* antwortet.«

»Der Chefredakteur wovon?«

»Der Chefredakteur von *Historia*!«

»Aha.«

»Der Zeitschrift über Geschichte …«

»Natürlich, natürlich.«

»Kurz und gut! Wenn Sie ihr einen Brief schreiben, den Brief, auf den sie seit Jahren wartet, indem Sie sich als er ausgeben, an seiner Stelle schreiben, na ja, dann wird sie ihren Elan wiederfinden, sie wird aufstehen, sie wird laufen, sie …«

»Es reicht, junge Dame, ich habe genug gehört.«

Und er hat sich einfach umgedreht, ich konnte es nicht fassen. Er ist abgezischt und hat mit empörter Stimme, die wohl distinguiert klingen sollte, zu seinem Hund gesagt:

»So was aber auch! Nein, so was aber auch!«

Jetzt hatte ich nichts mehr zu verlieren. Und die Zeit, als mir die Passanten Angst machten, wo mir alles peinlich war, am meisten, dass ich nicht so war wie die anderen, diese Zeit war lange vorbei. Ich habe an meine Großmutter gedacht und an ihre zu schwere Wahrheit, ich habe an all ihre Jahre des Schweigens und des Mutes gedacht, und ich bin dem dicken Monsieur Tara hinterhergerannt. Ich habe auf der Straße gebrüllt:

»Das ist leicht, was, dem Elend den Rücken zu kehren! Wissen Sie, was das ist? Na, wissen Sie, was das ist? Das ist ›unterlassene Hilfeleistung für eine gefährdete Person‹, ganz genau!«

Er hat die Augen verdreht und versucht, schneller zu gehen, aber es gelang ihm nicht, und er war lächerlich mit seinen kleinen Geishaschritten. Die Passanten starrten ihn entrüstet an, ich spürte, dass sie bereit waren, gegen ihn auszusagen, wenn jemand auf dem Bürgersteig sterben sollte. Ihm war das ungeheuer peinlich, er hat sich umgedreht, die Nasenflügel angelegt, die Zähne zusammengepresst.

»Seien Sie doch still«, hat er zwischen den Zähnen hindurch gezischt, »seien Sie still, um Himmels willen, bloß kein Skandal.«

Er hielt sich wohl für Louis XIV., Fürst Rainier oder Jacques Médecin, obwohl ihn niemand kennt, außer seinem Hund. Ich habe weitergemacht:

»Sie haben gesagt, Sie würden sie bewundern, das haben Sie gesagt, ich erinnere mich genau.«

»Aber das stimmt auch. Ich habe sie immer bewundert. Wissen Sie, wie streng Fälschungen bestraft werden?«

Er dachte, der Hieb habe gesessen, aber jetzt war ich

rührender als Sonja, wenn sie Raskolnikow bittet, sein Verbrechen zu gestehen. Ich habe kurz genickt, habe ihn entschlossen und tief bewegt angesehen, hatte sogar ein paar Tränen in der Stimme:

»Na gut … Dann wird sie eben in dieser Klinik sterben … Verzeihen Sie mir … Ich habe mich geirrt.«

»Sie sprechen das ›r‹ schlecht aus, junge Dame. Man sagt nicht ›geirt‹, man sagt ›geirrt‹, ›ge-iRRt‹!«

»›Ge-iRRt‹. Wie auf Russisch also?«

»Genau. Wie auf Russisch. Kommen Sie mit.«

Und so saß ich Monsieur Tara kurz darauf in der verrauchten Bar an der Place aux Herbes gegenüber, wo er seinen Stammtisch und Mimine ihren Napf hat und wo ihn der Wirt überschwänglich mit »Na, mein Sohn? Du bist spät dran heute« begrüßte. Und ich begriff, dass das seine Verabredung war, dass seine Verabredung darin bestand, sich jeden Tag auf dieselbe Bank zu setzen, die Gewohnheit eines alten, alleinstehenden Mannes. Er hieß »Raymond«, so begrüßten ihn die anderen Stammgäste, ohne ihre Tricktrack-Partie zu unterbrechen. Man brachte ihm einen Cinzano, ohne dass er ihn bestellen musste, ich entschied mich für ein helles Bier, ein bisschen Alkohol, es war das erste Mal, ich dachte, es würde mir helfen, meinen dramatischen Monolog bis zum Ende durchzustehen. Und schon legte ich los:

»Kennen Sie die Geschichte der Romanows, Monsieur Tara? Haben Sie je von dem Massaker gehört, das Lenins

Rote Garde 1918 an Nikolaus II. und seiner ganzen Familie verübt hat?«

Er hatte den Kopf gesenkt und sah zu mir auf, wie man über den Brillenrand schielt, ganz in Verteidigungshaltung.

»In der Nacht vom 16. auf den 17. Juli des Jahres 1918 wird die ganze Zarenfamilie aus dem Schlaf gerissen: der Zar, seine Frau, ihre vier Töchter und der Zarewitsch Alexej, der an Hämophilie leidet. Bei ihnen sind der Arzt der Familie und drei Diener. Sie werden als Gefangene in Sibirien festgehalten, in einem großen Haus, dem Ipatjew-Haus, auch das ›Haus zur besonderen Verwendung‹ genannt.«

Ich habe eine kurze Pause eingelegt, damit er Zeit hatte, zu erschauern und innerlich um die Fortsetzung zu betteln.

»In jener Nacht lässt Politkommissar Jurowski sie alle in den Keller bringen. Das Foto von dem Zimmer haben Sie sicher gesehen ... Nein? Ein kleines Zimmer mit gestreifter Tapete, die Wand kaputt und blutbespritzt? Na gut. Jurowski sagt ihnen, sie sollen runtergehen, weil ein Aufstand droht, man rechnet mit Schießereien auf der Straße, und es ist gefährlich, oben zu bleiben. Es wäre nicht das erste Mal, dass man sie von einem Gefängnis ins nächste bringt; sie gehorchen ohne Misstrauen. Der Zar trägt den kranken Alexej, sein Bein ist verbunden, er ist sehr schwach und kann schon nicht mehr laufen. Anastasia trägt den kleinen Spaniel ihrer Schwester ... Anastasia, kennen Sie sie? Kennen Sie das Anastasia-Geheimnis?«

»Was man so hört.«

Ich begriff, dass er eigentlich keine Ahnung hatte. Jedem seine Tragödien und seine Rätsel, es ist schwierig, alles zusammenzubringen.

»Das war die jüngste Tochter des Zaren, sie war sechzehn. Als sie sich an jenem Abend ankleidet, bevor sie in den Keller geht, steckt sie Diamanten in ihr Mieder. Als alle in dem Kellerraum versammelt sind, sagt ihnen Jurowski, sie sollen auf das Eintreffen der Fahrzeuge warten. Und bald darauf hört man Automotoren. Elf Rotgardisten kommen in das Zimmer. Jedem von ihnen wurde vorher ein Opfer zugewiesen, und jeder schießt aus allernächster Nähe in den Kopf von einem der elf Opfer. Der Zarewitsch atmet noch, sie geben mehrere Schüsse ab. Eine Dienerin wird von Bajonetten durchbohrt. Das Ganze dauert nur ein paar Minuten. Man trägt die Körper in die Lastwagen, man bringt sie in den Wald, den zwanzig Kilometer entfernten Koptiaki-Wald, zum Schacht einer alten Eisenerzmine, der Ort heißt ›Die vier Brüder‹. Unterwegs hören die Gardisten Anastasia stöhnen, sie ist noch am Leben … Die in ihrem Mieder versteckten Diamanten haben die Kugeln der Henker abprallen lassen … Es heißt, sie hätten sie mit dem Bajonett getötet … Es heißt …«

»Aber das ist doch mein Raymond!«

Ein langer, pockennarbiger Mann, *Paris Turf* unter dem Arm und karierte Mütze auf dem Kopf, klopfte Monsieur Tara auf die Schulter, wir zuckten beide zusammen. Wenn uns Lenin kräftig auf den Rücken geschlagen hätte, wäre der Schreck nicht größer gewesen. Monsieur Tara hat uns mit kleinen Handbewegungen vorgestellt:

»Roger Gimenez, Sonja Sergejewna ...«

»Dalla Chiesa«, habe ich ihn korrigiert.

Raymond hat enttäuscht den Mund verzogen:

»Sind Sie jetzt Italienerin?«

»Keineswegs.«

»Pardon!«

Paris Turf ist abgezogen, um andere Gäste zu belästigen, und ich habe weitererzählt:

»Wir sind also im Koptiaki-Wald ... Man holt die Körper von den Lastwagen, man zieht sie aus, man schlägt ihre Gesichter mit den Gewehrkolben zu Brei, man begießt sie mit Schwefelsäure, man zerstückelt sie, man verbrennt sie auf einem großen, mit Benzin übergossenen Holzhaufen, und was von den Körpern übrig bleibt, wirft man in den Minenschacht; später fahren die Lastwagen mehrmals über die Aschenreste, um jede Spur des Massakers zu beseitigen ...«

Da habe ich mein Bier mit einem Zug ausgetrunken, Monsieur Tara starrte mich aus seinen runden Augen an, er begriff nicht, was ich von ihm erwartete. Ich verstand ihn.

»Als eine Woche später die Weißen in diese sibirische Stadt kommen, um den Zaren und seine Familie zu befreien, entdecken sie das Gemetzel. Ein Staatsanwalt stellt Nachforschungen an und bestätigt, dass Anastasia bei der Erschießung nicht umgekommen ist. Und da beginnt das Geheimnis.«

»Welches Geheimnis?«

»Aber das habe ich Ihnen doch eben gesagt: das Anastasia-Geheimnis. Es ist nicht sicher, ob sie in dieser Nacht umgekommen ist, keineswegs sicher … Aber wo ist sie? Was ist aus ihr geworden? Die Historiker, die … die Journalisten, die Filmstars, alle stellen sich diese Frage!«

Ich spürte allmählich die Wirkung des Alkohols, mir schwebte ein leichtes Wölkchen über dem Kopf, ein eher angenehmes Gefühl.

»Nein, Raymond«, habe ich mit ganz neuer Kühnheit verkündet, »ich erkläre es Ihnen: Es ist auch überhaupt nicht sicher, dass meine Version stimmt, sicher ist nur, dass meine Großmutter WEISS, was tatsächlich mit Anastasia passiert ist, und diese Wahrheit, die sie allein kennt, frisst an ihr. Das ist es. Sie wird sie nur dem Chefredakteur von *Historia* verraten, fragen Sie mich nicht, weshalb, das ist so. Sie ist etwas … na ja, Sie haben es sicher bemerkt … Sie ist trotz allem etwas zwanghaft.«

Er hob die Hand, ein winziges Zeichen, und man brachte ihm einen zweiten Cinzano und ein zweites Bier für mich; ich dachte schon daran, bald einen Mittagsschlaf zu machen wie ein altes, träges Weib.

»Wissen Sie, Raymond, Sie müssen gar nichts machen, nur diesen Brief schreiben.«

Er drückte Mimine an sich, er wirkte sehr genervt.

»Ich habe doch wenigstens Bedenkzeit?«

»Na ja, nicht so viel, Babuschka ist nicht gerade in Hochform, wirklich nicht …«

»Was für eine Geschichte. Nein wirklich, was für eine Geschichte! Sie machen mir ganz schön zu schaffen!«

Ich habe mich nicht sehr anständig gefühlt, als ich ihm den letzten Schlag versetzte.

»Ja, aber Babuschka und Sie haben doch eins gemeinsam: das Haus Ihrer Väter. Die Orangenplantage in Algerien, das große Familiengut, das alles …«

»Was für eine Orangenplantage? Wovon reden Sie eigentlich? Sie denken also auch, dass die Pieds-noir alle Kolonialherren waren, die die Burnusträger schwitzen ließen, ja? Bringt man euch das in der Schule bei?«

»Äh, nein … Und ich höre in der Schule sowieso nicht zu.«

»Dann ist es ja noch schlimmer. Dann ist es ein Aberglauben. Das ist noch schlimmer, wirklich.«

»Entschuldigen Sie, aber Sie selbst … Sie haben neulich vom ›Haus unserer Väter‹ gesprochen. Tschechow. Der Kirschgarten …«

»Der Kirschgarten? Was ist das wieder für eine Fantasie? ›Das Haus unserer Väter‹! Natürlich ›das Haus unserer Väter‹, aber das ist doch eine Redewendung! Das ist die Heimat, das sind die Wurzeln, dazu braucht man doch keinen Palast mit zehn Stockwerken, also wirklich!«

Und als er wütend sein bordeauxrotes Tuch zurechtgezupft hat, habe ich gespürt, dass er am liebsten mich damit erdrosselt hätte. Aber ich hatte schon mein zweites Bier geleert und schwebte so sicher und angenehm wie der Rauch in dieser Bar, und das wollte etwas heißen.

»Ich war Lehrer in Oran. Ich wohnte in einer Zweizimmerwohnung. Ich bin ganz allein hergekommen … Ich konnte nicht mal beweisen, dass ich Franzose war, weil die Archive in den Präfekturen in Algerien geblieben waren.«

»Ach ja, die Präfekturen!«, habe ich gesagt und mich auf meinem Stuhl zurückgelehnt. »Die Präfekturen! Der ganze Scheiß!«

»Das kann man wohl sagen.«

Und er hat ein Zeichen für den dritten Cinzano gemacht.

»Ich hatte Oran unter den Spruchbändern ›Koffer oder Sarg‹ verlassen, und in Marseille empfingen uns die Hafenarbeiter mit großen Schildern ›Pieds-Noirs ins Meer‹, das fing gut an.«

»Ach ja, die Hafenarbeiter! Die Hafenarbeiter! So ein Scheiß!«

»Die französischen Zeitungen nannten uns ›zwielichtige‹ Gestalten, können Sie sich das vorstellen? In Nizza ging es uns gut. Wir wurden hier jedenfalls besser empfangen als anderswo.«

»Nizza ist ein guter Ort für Emigranten, nicht wahr?«

Er hat das Gesicht verzogen.

»Was ist los?«, habe ich gefragt.

»Der Einäugige macht mir Angst. Das ist ein Miststück … Hüten Sie sich vor ihm. Er hat Freunde hier.«

Und er hat seinen dritten Cinzano in einem Zug hintergekippt, dann hat er gesagt:

»Wir hatten nie daran gedacht, Algerien zu verlassen.

Niemals. Als ich hier ankam, habe ich mehrere Nächte auf der Straße geschlafen. So habe ich Fripouille getroffen, die Mutter von Mimine ... Es war in keiner guten Verfassung, das arme kleine Hündchen. Wirklich ... Na, ich habe mich durchgeschlagen ... Hatte keine Wahl. Aber ich bin nie in die Vereine der Repatriierten eingetreten, niemals, ich hatte keine Lust auf diese ganze ›Nostalgérie‹, wie man das nennt. Auch wenn man nur schwer dagegen ankämpfen kann. Wirklich schwer ...«

»Sie erinnern mich an meinen Großvater, Raymond!«

»Ach ja? Das macht mich nicht gerade jünger. Ich habe zu viel getrunken. Ich bin es nicht gewohnt, so viel zu trinken, auf leeren Magen, denken Sie nicht ... Gehen wir?«

»Wir gehen!«, rief ich und stand auf.

Und er war ziemlich stolz, als ich ihm meinen Arm reichte. Er hat etwas schwankend danach gegriffen, ich auf einer Seite, Mimine auf der anderen; er hat selig gelächelt, und seine Bistrokollegen haben uns angesehen, als würden wir nicht, aber auch gar nicht zusammenpassen. Ich hatte das Gefühl, ihn zu kidnappen, ihnen ihren Raymond zu stehlen, der nur noch ein Schatten seiner selbst war.

»Sie erinnern mich wirklich an meinen Großvater. Ich bin sicher, Sie hätten auch Statist in *La Victorine* sein können! Doch, doch!«

»Warum Statist? Warum nicht die Neben- oder sogar die Hauptrolle? Man hat mir oft gesagt, ich hätte ein bisschen Ähnlichkeit mit Gabin.«

»Mit Gabin??? Achtung!«

Wir versuchten, den Boulevard Jean Jaurès zu überqueren, aber die Ampel war nie in Übereinstimmung mit unseren Entscheidungen, sie zwang uns, drei Schritte nach vorn und gleich darauf drei Schritte zurück zu machen.

»Es ist das erste Mal, dass ich auf dem Boulevard Jean Jaurès Tango tanze, junge Dame …«

»Ja, aber Tango … Achtung, der Lastwagen! Wussten Sie, dass Tango bei der Pantomime die gleiche Übung ist, wie die, einen Mann zu spielen, der ins Wasser geht … Lassen Sie den Bus vorbei, Raymond!«

»Tango im Wasser? Nein, wirklich, was ist das für ein Unsinn …«

Und tanzend sind wir zur Rue Rossini gelangt, als Madame Claudine gerade wütend ihren Fußabtreter ausschüttelte.

»Und die Schule?«, hat sie mich angefahren, als sei sie der Schulinspektor.

»Sie hört in der Schule sowieso nicht zu, diese Göre, da braucht sie auch nicht mehr hinzugehen!«, hat ihr Monsieur Tara entgegengeschleudert, und dann hat er geflüstert: »Mein Gott, wie unglücklich diese Frau ist!«

Und am Abend hat er mir die heiß ersehnte Antwort von Melchior-Bonnet gebracht. Der Mascha Sergejewna so schnell wie möglich zu sehen verlangte.

Wenn ich mich an diesen Morgen erinnere, habe ich das Gefühl, es war der wichtigste und der seltsamste Morgen meiner Kindheit. Ich war mit meinem Brief mit gefälschter Briefmarke (im Schreibtisch meines Großvaters hatte ich einen Brief aus Paris gefunden, auf dem das Datum so klein gedruckt war, dass Babuschka es selbst mit ihrer Lesebrille und einer Lupe niemals hätte entziffern können) in die Klinik gekommen und hatte ihn ihr wie eine Geheimbotschaft übergeben, gut geschützt vor jedem Spion, in unserer geliebten »freien Zone«.

Ihre Hände zitterten, ich sehe das Zittern ihrer Hände vor mir, ihr Zögern, wie die schwebenden Hände eines Pianisten, bevor er den nächsten Satz in Angriff nimmt, diese feierliche Aufregung, die sie seither nicht mehr losgelassen hat. Ich war besorgt wegen ihrer Aufregung. Ich schämte mich meines Verrats. Und ich hatte an alles gedacht, nur nicht an das, was nun folgte. Ich dachte, nach der Lektüre des Briefs vom »Chefredakteur« von *Historia* würde sie entspannt an ihre Heimkehr denken, glücklich unsere Reise nach Paris planen (Raymond dachte daran, Melchior-Bonnet anzurufen, um ihm die nahe Ankunft einer Cousine von Anastasia Romanow anzukündigen, die an der

Schwelle des Todes bereit sei, ihm geheime Dokumente anzuvertrauen), das alles würde sich wie von selbst ergeben, würde mit der unerbittlichen Logik meiner Fantasieszenarien, meiner besten Manderleys aufeinanderfolgen. Aber da hatte ich die Rechnung ohne den unvorhersehbaren Charakter von Mascha Sergejewna gemacht.

Wir saßen auf einer Bank, es war schönes Wetter, etwas frisch, und sie hatte einen Mantel über ihren Morgenrock gezogen. Ich habe ihr den Brief zusammen mit einer Stromrechnung und einem Prospekt des Ozeanografischen Museums von Monaco gegeben, um die Spuren zu verwischen. Ich habe ganz unbefangen geschaut und zerstreut mit ihrer Krücke gespielt, wie man aus Gewohnheit mit einem Haustier spielt, das einen überallhin begleitet. Aber eigentlich war ich krank. Mein Bauch nahm unangemessen viel Platz ein, der Kopf tat mir weh, ich war in ängstlicher Erwartung und fühlte mich sehr unwohl. Sie hat die Rechnung nicht aufgemacht, sie hat den Prospekt nicht angesehen, sie hat den Umschlag geöffnet und den Brief gelesen, dann hat sie den Brief wieder in den Umschlag gesteckt und den Umschlag in ihre Manteltasche. Ohne etwas zu sagen. Ich malte sinnlose Zeichen in den Kies neben unseren Füßen, ich ließ die Krücke nicht mehr los. Ohne das Zittern ihrer Hände hätte ich glauben können, sie habe ihn nicht gelesen oder nicht verstanden. Aber ihre Finger waren jetzt hundert Jahre alt, sie zuckten krampfartig; ich überlegte, ob ich meine Hand auf ihre legen sollte, um sie zur Ruhe zu bringen, aber ich war wie gelähmt, unfähig zu jeder Regung. Ich wagte sie kaum anzusehen. Als ich endlich zu ihr rüberschielte, ruhte ihr Blick auf mir. Tief. Bedacht. Gerührt. Ich lächelte idiotisch und brachte ein zittriges »Alles in Ordnung?« hervor.

»Alles in Ordnung, Sonjetschka, alles in Ordnung.«

»Soll … soll ich die Rechnung wieder mitnehmen?«

»Wenn du willst.«

»Und der … der Prospekt, was ist das?«

»Den kannst du auch mitnehmen.«

»Ist gut …«

Und dann hat sie aufgehört, mich anzusehen. Sie hat den Blick in die Ferne gerichtet, auf das kleine Pförtnerhäuschen am Eingang, die Schranke, durch die Krankenwagen fuhren. Sie hat sich auf dieses Pförtnerhäuschen konzentriert, als hätte sie beschlossen, dort einzuziehen. Ich hatte einen Moment Angst, die Aufregung sei zu groß gewesen und hätte sie aus der Realität herausgerissen.

»Keine schlechten Nachrichten … ich meine, der Brief da? Alles in Ordnung? Alles gut?«

»Alles in Ordnung, Sonjetschka, alles in Ordnung.«

Wir waren weit entfernt von den slawischen Ausbrüchen der Leidenschaft, und unser Lachen mischte sich nicht mit unserem Weinen, wie ich es mir vorgestellt hatte; niemand hätte sich vorstellen können, dass Mascha Sergejewna soeben den Brief ihres Lebens erhalten hatte. Ich habe eine Weile in den Garten gestarrt und ein Gesprächsthema, einen Ansatz für einen Dialog gesucht.

»Wusstest du, dass die Theaterdirektoren … na ja, die Theaterdirektoren schenkten der Schauspielerin, die für die Hauptrolle ausgewählt wurde, Rosen … und der Schauspielerin, die die Rolle nicht bekam, schickten sie Nelken. In Frankreich jedenfalls, in Frankreich machte man das so … Das war ein Code …«

Sie starrte immer noch mit erstaunlicher Konzentration auf das Pförtnerhäuschen.

»Hast du gesehen, wie viele Krankenwagen da durchfahren?«, fragte ich sie, um ihre Klarheit zu testen.

»Ja. Drei sind rrein, zwei sind rraus. Man darf einer Schauspielerin niemals Nelken schenken, das hat mir dein Großvater erklärt.«

Sie ist aufgestanden, ich habe sie ein bisschen gestützt, ich spürte ihren mageren, steifen und angespannten Körper, ich habe ihr ihre Krücke gegeben, und so sind wir durch den Garten gelaufen, haben die Nelken und die Rosen angeschaut, um nicht die Rollstühle und die Tragen, die zerstörten Gestalten zu sehen, die unglaubliche Fähigkeit des Körpers, zusammenzufallen, ehe er ganz aufgibt. Nach ein paar Schritten habe ich gemerkt, dass sie mich führte. Ich habe mich führen lassen. Sie näherte sich dem Pförtnerhäuschen mit der gleichen Langsamkeit und der gleichen Dickköpfigkeit, wie wenn wir zum Markt gingen. Sie sah aus wie eine alte, zögernde Frau, ich aber wusste, welche Verbissenheit sie in diese Anstrengung legte. Der Pförtner hat uns aus kleinen, strengen Augen angesehen, als wir auf seiner Höhe ankamen, nachdem wir zehn Minuten lang mühsam, schweigend und einträchtig über den Kies geschlurft waren.

»Hep, hep, hep!«, hat er gesagt. »Wo will die Oma denn hin?«

Sie richtete sich auf, ich spürte, wie sich die Sehnen in ihrem Arm bis aufs Äußerste spannten, und sah den Wächter unzufrieden und empört an:

»Finden Sie das norrmal?«

»Was?«

»Diese Verrspätung?«

»Welche Verspätung?«

»Ich muss zum Röntgen ins Saint-Roch-Krankenhaus! Und wo ist der Krankenwagen? Ich warrte nicht länger! Ich nehme ein Taxi, ich warrte nicht länger.«

Er hat den Arm vor ihr ausgestreckt, um sie am Weitergehen zu hindern, und hat mich hochmütig angesehen wie jemand, der den ganzen Tag lang alte Bekloppte sieht. Er hat beschlossen, nur mit mir zu sprechen:

»Bringen Sie sie ins Zimmer zurück, es ist gefährlich, im Durchgang stehen zu bleiben.«

»Und was wird mit dem Röntgen?«, habe ich nun gefragt.

Und ich habe gespürt, wie sich Babuschkas Körper ein wenig entspannt hat. Der Kerl hat eine Grimasse gezogen, die Zunge wanderte über seine Zähne, als wollte er sie damit putzen.

»Um wie viel Uhr haben Sie den Termin?«

»Na ja … der ist schon vorbei, eben, wir sind viel zu spät. Und außerdem ist es dringend.«

Er hat den Finger tief in den Mund gesteckt, angefangen, sich das Zahnfleisch zu kratzen, und dabei die Augen verdreht. Ihn anzusehen war schlimmer, als dem Tod ins Gesicht zu sehen, weil ich nicht wusste, wie weit er gehen würde. Nachdem er sich gekratzt hatte, hat er seinen Finger angeschaut, ihn an seiner Uniform abgewischt und gesagt:

»Der Ausgangsschein!«

»Was?«

»Der Ausgangsschein!«

Ich verstand überhaupt nichts, aber ich habe mich an das Wort »Ausgang« geklammert und diese Richtung weiterverfolgt.

»Ach ja … der Ausgangsschein«, habe ich gesagt und in meinen Taschen gewühlt.

Der Kerl neigte jetzt den Kopf, er lächelte ein bisschen, aber nicht aus Freundlichkeit.

»Ohne Ausgangsschein kein Ausgang. Also! Ab!«

Und er hat uns gewinkt, abzuziehen. Aber nicht nach draußen. Zur Klinik. Ich hätte gern die Kraft gehabt, Babuschka in meine Arme zu nehmen und weit fortzutragen, mit der ganzen Liebe und Bewunderung, die ich für sie empfand, sie wegzubringen von diesem lächerlichen Ort, dieser erbärmlichen Einfahrt, einem erbärmlichen Tod. Aber sie war schwer, lahm und müde, und ich hatte weder einen Ausgangsschein noch Fantasie. Ich habe sanft ihren Arm gedrückt, um eine resignierte Kehrtwende einzuleiten, aber sie leistete Widerstand. Ich wusste nicht, was ich tun sollte. Ich würde sie doch nicht ausschimpfen, ihr sagen, sie solle vernünftig sein, in ihr Vierbettzimmer zurückgehen und darauf warten, dass zum Mittag das *Stille Nacht* ertönte.

»Können wir trotzdem auf den Krankenwagen warten? Vielleicht haben sie ja den Schein?«, habe ich gefragt, ohne daran zu glauben, aber um Babuschka zu zeigen, dass ich unsere Sache noch nicht aufgab.

»Gehen Sie jetzt, oder soll ich den Wachdienst holen?«

Und um uns seine Macht zu zeigen, hat er ein Walkie-Talkie rausgeholt, das ins Leere knisterte. Er sah nicht mehr spöttisch drein, und seine kleinen Augen wurden grau.

»Mit mir könnt ihr so was nicht machen!«, hat er gesagt und die Schultern hochgezogen, als würde er gleich eine Auszeichnung erhalten, weil er uns am Weggehen gehindert hatte.

Ich verstand nicht, warum sich der Kerl so aufregte und warum es ihm solchen Spaß machte, uns wie den letzten Dreck zu behandeln. Ich ahnte, dass wir es falsch angepackt hatten, sicher sah ich zu flehend aus und Babuschka zu müde. Ich spürte, wie ihr verletztes Bein einknickte, ich habe ihren Arm noch fester umklammert und versucht, sie zur Seite zu ziehen, um mit ihr zu sprechen, was nicht sehr schlau war, denn taub wie sie ist, kann ich ihr gar nichts sagen, ohne dass die ganze Umgebung es hört. Aber sie hat immer noch Widerstand geleistet. Dann hat sie den Kerl mit einem hasserfüllten Blick durchbohrt, wie ich ihn noch nie bei ihr gesehen hatte, nicht mal, wenn sie mit ihren alten Freundinnen von den Stalin'schen Säuberungen spricht, nicht mal, wenn sie »Lubjanka« oder »Tscheka« sagt, Namen, die sie immer erschauern lassen.

»Wie viel?«, hat sie gefragt.

Ihre Stimme war leise, drohend, der Pförtner hat die Augen so weit aufgerissen, dass er aussah wie der hungrige Wolf in den Trickfilmen, er hat sein Walkie-Talkie ausgeschaltet, hat sich hingesetzt und gefragt:

»Was???«

Sie hat sich zu mir umgedreht.

»Wie viel hast du, Sonjetschka?«

Ich habe nicht gleich verstanden. Der Pförtner auch nicht. Sie hat ihren Angriff fortgesetzt, hat mir ein Zeichen gemacht, ich soll meine Tasche öffnen, ich war entsetzt, ich zögerte, aber sie hatte es eilig, und ihre Finger gaben mir Befehle, »Schnell! Mach schneller!«, aber ich wusste auch, dass ich außer dem Geld für einen Busfahrschein nichts hatte, wenn überhaupt. Der Kerl schnaufte jetzt wie ein Stier, ich glaube, er schwankte zwischen Angst und Wut, Babuschka hingegen war so sicher, wie man nur sein kann. Ich habe ihr traurig den Inhalt meines Portemonnaies gezeigt. Der Kerl hat gegrinst. Jetzt starrten sich meine Großmutter und er an, er hat mehrmals den Kopf geschüttelt, dann hat er angewidert und resigniert gefragt:

»Was isn das fürn Akzent? So geht's vielleicht bei euch unten! Aber wir sind hier in Frankreich: in FRANKREICH! VERSTEHEN SIE?«

Jetzt sprach er eindeutig mit ihr, herablassend und beunruhigend, seine Stimme drückte seinen ganzen Abscheu aus. Babuschka sah ihn kopfnickend an, ich hatte das Gefühl, sie habe ihn schon vorher gesehen und würde ihn langsam wiedererkennen. Sie hat meinen Arm losgelassen, ihre Finger haben immer noch gezittert, als sie sich die Brosche vom Mantelkragen gerissen hat. Sie hat sie auf den Pförtnertisch gelegt und gesagt:

»Ausgangsschein!«

Und als der Pförtner kurze, verängstigte Blicke um sich warf, wusste ich, dass er sie nehmen würde. Jetzt oder nie mussten wir abhauen.

Wir sind abgehauen.

Von nun an sah ich sie mit anderen Augen. Ich hatte gesehen, wozu sie imstande war, ich hatte erlebt, wie gut sie die menschliche Rasse kannte und wie sie mit ihr umgehen konnte. Es war das erste Mal, dass ich mich durch meine Großmutter beschützt fühlte, und jetzt verstand ich besser, warum ihr sanfter Ehemann ihr gefolgt war, das Exil akzeptiert hatte, die lange Winterreise durch Europa, obendrein mit dem Baby; ich verstand auch die Eifersucht ihrer alten Freundinnen besser und ihren Groll.

Sie hat diese seltsame innere Wut bis zum Ende bewahrt. Sie entwickelte auf einmal ein unglaubliches Organisationstalent. Ohne irgendwelche Freude oder auch nur die geringste Aufregung im Hinblick auf ihr historisches Treffen mit dem Chefredakteur von *Historia* zu äußern, arrangierte sie alles Folgende. Als wir die Klinik verlassen hatten, winkte sie ein Taxi heran, in dem sie vor unserem Haus sitzen blieb, während ich in die Wohnung rannte, um das Fahrgeld zu holen. Zu Hause hat sie beschlossen, ihr Zimmer zu meiden, sie hat sich auf das Wohnzimmersofa gelegt und mich gebeten, die Telefonschnur langzuziehen und ihr den Apparat zu bringen. Außerdem wollte sie einen Tee.

Kissen. Und etwas zu schreiben. Voller Angst überlegte ich mir, dass die Enttäuschung, wenn sich Melchior-Bonnet weigerte, ihr zu glauben oder ihr auch nur zuzuhören, ebenso groß sein würde wie die Kühnheit, mit der sie unsere Reise nach Paris vorbereitete. Sie erklärte mir nichts, wie üblich. Am Telefon sprach sie Russisch. Es gab nicht die geringste Vertraulichkeit zwischen uns: Sie befahl, ich gehorchte. Was sich geändert hatte, war ihre Art, mich zu beobachten, mit einer winzigen Frage im Blick. Die einzige Erklärung für unsere Vorbereitungen war gewesen: »Wir werrden mit Melchior-Bonnet sprechen«, und die einzige Initiative, die sie mir überließ, war der Kauf unserer Fahrkarten. Suzanne hat es so eingerichtet, dass ich für zwei Fahrkarten nur den Preis von einer bezahlte, sie hatte ihren Vater ohne große Hoffnung ins Vertrauen gezogen, aber er hatte ihren Wunsch mit einem Eifer erfüllt, der sie selbst erstaunte. »Eigentlich sehe ich meinen Vater immer bloß von oben«, vertraute sie mir an. »Die Oberseite seiner weißen Mütze, die meine Mutter alle zwei Tage wäscht, verstehst du? Mein Zimmer ist direkt über dem Maschinenraum, und ich sehe ihm zu, aber da mein Vater niemals zu mir heraufsieht, sehe ich immer nur seine Mütze. Wir kennen uns eigentlich nicht besonders gut. Aber mit den Fahrkarten war er super, oder? Er hat mir erklärt, dass man seine Ahnen ehren muss, und du würdest deine Ahne ehren, er hat sogar gesagt ›nimm dir ein Beispiel‹, leider weiß ich nicht, wie ich das machen soll, weil ich meine Großeltern nicht mehr habe. Er spricht sicher für sich.

Meine Mutter sagt immer: ›Er sieht zu, wo er bleibt, schließlich ist er Beamter‹, und da meine Mutter ihn nicht ausstehen kann, muss ich mich später bestimmt um ihn kümmern. Wenn er so alt ist wie deine Großmutter.«

Es gab ein Telefongespräch auf Russisch, das viel länger war als alle anderen. Danach ließ mich Babuschka eine Adresse aufschreiben: »Nicolas Savitsky. 8 Rue Laffitte, Paris 9e«. Dazu sagte sie: Merk dirr diesen Namen und diese Adresse, Sonjetschka, lern sie schön auswendig. Dort müssen wir hin.« Sie wirkte sehr zufrieden und beruhigt, nachdem sie mit diesem Nicolas telefoniert hatte.

»Wer ist das? Ein Freund von dir?«

Ich stellte mir schon den hundertjährigen Emigranten vor, der sich zuerst erkundigen würde, ich welcher Klasse ich bin und wie groß, und dann stundenlang mit ihr über die ewige, nie beantwortete Frage palavert: Musste man gehen, sollte man zurückkehren?, diese ganzen vergeblichen und seit Langem überholten Obsessionen. Die Tür zur UdSSR war zweifach verschlossen; man brauchte gar nicht daran zu denken, den Turm zu besteigen, nachdem man den Drachen getötet hatte, man würde weder durch den Dienstboteneingang hineingelangen noch über den Bergfried; aber gab es überhaupt noch einen Bergfried mit zu befreienden Prinzessinnen drin? Nichts war ungewisser als das.

»Nicolas ist der Sohn eines Freundes deines Großvaters.«

Sie hat lächelnd genickt, als würden angenehme Erinnerungen in ihr aufsteigen.

Ich hätte es viel früher begreifen müssen. Ich hätte zumindest hellhörig werden müssen, als sie mich bat, den Koffer vom Schrank herunterzuholen, den einzigen, der noch blieb, und meine Sachen einzupacken, ohne sich selbst um ihre zu kümmern. Aber ich war ganz zerfressen von Furcht, außerdem tat es mir schrecklich weh, dass sie mir so wenig Vertrauen schenkte, dass sie nichts mit mir teilte, außer einer absolut militärischen Logistik.

Am Morgen des 21. September war es noch dunkel, als ich aufstand. Unser Zug fuhr um 7.03 Uhr. Mit dem ihr neuerdings eigenen Organisationstalent hatte Babuschka am Vorabend für sechs Uhr ein Taxi bestellt. Das war so früh, als hätte sie beschlossen, zu Fuß zum Bahnhof zu gehen und unterwegs drei Runden um den Block zu drehen, aber ich wagte nichts zu sagen, ich weiß, wie früh die Alten dran sein wollen und welche Zeitreserven sie brauchen, ihre Reaktionszeit ist extrem verlangsamt. Zumindest dachte ich das. Babuschkas Reaktionszeit war nicht im Geringsten verlangsamt, sie war mir drei Züge voraus, aber das wusste ich nicht.

Als ich aufstand, war sie schon fertig. Angezogen, frisiert, geschminkt, mit Stock und Mantel. Der Lippenstift war nicht verschmiert, ihre Strümpfe hatten keine Laufmaschen, und der gut verteilte Elnett-Lack bildete keine bläuliche Masse in ihren Haaren. Als hätte sie die ganze Nacht damit verbracht, sich vorzubereiten, den geringsten Fehler aufzuspüren und auszumerzen. Sie hatte Milchkaffee gekocht. Sie hat sich mir gegenübergesetzt und mir beim Trinken zugesehen, mich so konzentriert beobachtet, dass ich mich fragte, ob sie mich vielleicht zeichnen wollte, ehe wir aufbrachen. Der Geruch des Milchkaffees an diesem Morgen, in der Dunkelheit der Wohnung mit den herabgelassenen Jalousien und der irgendwie geheimnisvollen Stille, dieser Geruch, der mich früher so angewidert hatte, hatte einen leichten Hauch von Zimt, etwas Mildes, Süßes. Ich habe ihn ohne Appetit, aber ohne Widerwillen getrunken; es war früh, und ich war voller Angst, aber sie hatte ihn für mich gekocht, und ich stellte mir vor, wie sie mit ihrer Krücke in der zu kleinen Küche anstieß, gleichgültig für den Geruch des Gases, das verzweifelt auf das Streichholz wartete, versunken und gedankenlos wie immer. Sie hatte offenbar beschlossen, sich um mich zu kümmern, mich wieder an meinen früheren Platz der »Enkeltochter« zurückzuversetzen, als hätte sie vergessen, was ich seit ihrem Sturz alles getan hatte, was ich fertiggebracht hatte, und auch die Zeit, die vergangen war.

Als wir die Wohnung verließen, blieb sie einen Moment stehen, sie hatte etwas Mühe zu atmen und klammerte sich an den Türrahmen. Das dauerte ein paar Sekunden, dann lächelte sie. Ein komisches Lächeln. Jünger als sie, strahlend. Diesen Ausdruck reiner Freude kannte ich von ihr nicht. Ich dachte mir, dass sie verdammt glücklich war, weil sie endlich diese verdammte Einladung in die Redaktion von *Historia* erhalten, weil sie die Partie gewonnen hatte. Ich habe nicht eine Sekunde gedacht, dass sie mich anlächelte.

Das Taxi wartete schon. Aber als wir hinten eingestiegen waren, als es ihr gelungen war, sich zusammenzufalten, sich vorzubeugen, um durch die zu enge Tür zu kommen, sich auf die zu niedrige Rückbank zu setzen, zwischen die Sitze, die zu nah beieinander waren, um ihre Beine und die Krücke unterzubringen, als sie all diese Hindernisse überwunden hatte, hat sie den Fahrer gebeten, uns zur Promenade des Anglais zu bringen. Ich wollte sie korrigieren, aber nicht schroff, ohne sie zu demütigen, ich hatte kaum Zeit, zum Fahrer zu sagen: »Unser Zug fährt um …«, da sagte sie sanft: »Sonjetschka. Wir fahrren zuerst zur Prromenade des Anglais.« Ich überlegte mir, dass sie das Taxi deshalb viel zu früh bestellt hatte: Bevor sie wegfuhr, wollte sie das Meer sehen, den Sonnenaufgang am Horizont, den Morgen, der langsam den Himmel übernahm. Aber als wir auf die Promenade kamen, hat sie den Fahrer bezahlt, hat das Kleingeld kontrolliert, ohne sich übers Ohr hauen zu lassen, und mich gebeten, den Koffer zu nehmen. Ich fand es schade, dass wir unser Taxi fahren ließen und ein anderes suchen mussten, um zum Bahnhof zu kommen, aber ich habe gehorcht; bis dahin hatte sie einen fehlerlosen Parcours hingelegt, ich würde nicht gerade jetzt anfangen, ihr zu widersprechen.

Wir haben uns auf eine Bank gesetzt. Sie hat auf das Meer gestarrt, ohne zu sprechen, also tat ich es ihr gleich. Ich habe versucht, an dem teilzuhaben, was ich für eine Art Ritual hielt, ich versuchte, mich feierlich zu konzentrieren, wobei ich diskrete Blicke auf meine Uhr warf. Und dann hörte ich sie atmen. Sie atmete sehr laut, dann sagte sie:

»Da du es wirrklich wissen willst, sollst du es wissen.«

Ich habe nur »Hmm« gemacht, weil ich nicht wusste, was ich tun, wie ich reagieren sollte; es war das erste Mal, dass sie beschloss, wirklich mit mir zu reden, ich meine, »direkt«, ohne den Umweg eines Briefes an jemand anderen. Deswegen begann mein Herz zu rasen, es kam aus dem Rhythmus; was ich hörte, war nicht mehr das Rauschen der Wellen, sondern ein fortwährendes Brummen in meinen Ohren.

»Anastasia ist nicht in jener Nacht gestorrben. Weder sie noch ihre Familie.«

Es war irgendwie so, als hätte man mir den Boden unter den Füßen weggezogen. Alle Mythen, Legenden, Glaubenssätze, sogar die Ängste meiner Kindheit, alles war mit einem einzigen Satz verschwunden.

»Anastasia, weißt du ... sie war anderrs als ihre Schwestern. Sie war lustig, verwegen, freierr als sie. Ich war mit Gleb Botkin befreundet, der sie in Petersburg und auch später in Sibirien gut gekannt hatte: Sein Vater war der Arzt der Zarenfamilie. Der arrme Doktor Botkin. Er wurde mit den Dienern und dem Zimmermädchen in jener Nacht im

Haus zur besonderen Verwendung in Jekatarinburg getötet. Die Bolschewiken haben sie umgebracht, um den Morrrd an der ganzen Familie Romanow zu simulieren.«

Ich habe einen Moment geglaubt, sie würde die Toten und die Lebenden, die Epochen und die Orte durcheinanderbringen. Ich hörte ihr mit einer Spur von Misstrauen zu, das mich vor allzu großen Emotionen bewahrte.

»Nikolaus II. wurde allein erschossen, im Wald, vom örtlichen Sowjet, unter dem Druck der rrevolutionären Sozialisten, die ein Komplott aufgedeckt hatten: Die Tschechen und die Weißgardisten wollten die Romanows befreien und in die Tschechoslowakei bringen. Lenin hat den Zaren exekutieren lassen, aber nicht die Frauen. Durch die Exekution des Zaren wurde die Familie gerettet.«

»Aber warum wollte er die Frauen retten? Ich dachte, du hasst Lenin?«

»Was hat das damit zu tun, ob ich ihn hasse oderr nicht? Und warum hörst du nicht bis zum Ende zu? Hör bis zum Ende zu, dann kannst du es nachher auch errzählen. Im März hatte Lenin den Frieden von Brest-Litowsk unterzeichnet, das Abkommen mit dem deutschen Feind, mitten im Weltkrieg. Er wollte lieber ein Abkommen mit Deutschland unterzeichnen, den Krieg beenden und Rrussland verstümmeln, aber dafür seine Rrevolution rretten, verstehst du? Die Zarin war Deutsche, und er hatte natürlich nicht das geringste Interesse daran, sie zu erschießen und diesen Frieden zu brrechen. Einzig und allein deshalb wurde sie verschont, und wegen anderer Verträge, die geheimer waren ... Lenin hatte am Vorabend der Revolution Geld von Wilhelm II. bekommen. Gut. Jetzt hör zu. Als die Weißen das Haus zur besonderen Verwendung leer vorfanden und nachforschten, konnten sie auch nicht zugeben, dass die Zarenfamilie von den Feinden Russlands, den Deutschen, gerettet worden war. Das war eine Schande, eine Riesenschande, vergiss nicht den Krieg!«

Was für sie eine Art Familiengeheimnis war, sollte mir als Offensichtlichkeit erscheinen, die ich hätte ahnen müssen. Ich wollte ihr gern folgen, aber ich hatte Angst vor ihrer Welt, die so gefährlich, so kompliziert und verworren war.

»Die Zarrin und ihre vier Töchter wurden nach Perm geschickt, wohin sich die Roten zurückzogen, zwischen Jekatarinburg und Moskau. Man hat sie in einen Güterzug gesetzt und dorthin gebracht, ins Berjoschin-Haus, sie wohnten im Keller, hungernd, erniedrigt, vielleicht sogar vergewaltigt. Und aus diesem Haus ist Anastasia mit einem der Wärterr geflohen, weil sie ihn liebte ... und weil sie Angst hatte, auch erschossen zu werrden, wie ihr Vater. Sie wurde von der Polizei gefasst und so geschlagen und misshandelt, dass die Tscheka einen Arzt kommen ließ, um sie zu behandeln. Aber sobald sie gesund war, ist sie ein zweites Mal entwischt, wieder mit ihrem Wärterr, einem Deutschen; der hat sie nach Deutschland gebracht. Dort hat sie ihre beiden Tanten wiedergesehen, Olga und Xenja, die Schwesterrn des Zaren, und dort hat man ihr den Namen

Frau Tschaikowski gegeben, damit ihr Leben nicht mehr bedroht war.«

»Frau Tschaikowski? Und die anderen? Die Zarin und ihre Schwestern, wo waren die? Und Alexej, von ihm hast du noch überhaupt nichts erzählt.«

»Unterbrrich mich nicht, habe ich dir gesagt! Es ist kompliziert für mich, dir alles errklären zu müssen. Alexej litt an der Bluterkrankheit. Ein krrankes Kind ist für alle Orthodoxen unberührbar. Steht unter Gottes Schutz. Wer hätte es wagen sollen, Alexej etwas anzutun? Werr?«

Ich spürte deutlich, dass sie mir böse war, weil ich ihr nie zuvor Fragen gestellt hatte, sie hatte meine Zurückhaltung für Gleichgültigkeit gehalten, ich war nie ihre »bevorzugte Zuhörerin« gewesen, höchstens in Ermangelung anderer, eine Art Ersatz, ein Notbehelf.

»Nach Anastasias Flucht wurden ihre drei Schwestern in die Ukrraine gebracht. Eines musst du verstehen: Alle waren daran interessierrt, dass man nichts mehr von den Rromanows hörte, alle: die Rroten, aber auch die Weißen, also haben beide Seiten Berichte geschrieben und offizielle Untersuchungen angestellt, die alle unangenehmen Aussagen ausklammerten, einzelne Zeugen wurden sogar beseitigt. Die Rroten und die Weißen hatten dieselbe Version und dieselben Schlussfolgerungen. Mein Freund Gleb Botkin hat mir alles genau erzählt, bevor er für immer nach Amerika ging. Hör gut zu. Einmal, als Anastasia bei ihren Tanten in Deutschland war, wollte sie beweisen, dass sie tatsächlich die Tochter des Zaren war, und sie hat den Satz ausgesprochen, der ihr Untergang war: ›Onkel Ernie kam im Dezember 1916 nach Petrograd ...‹ Onkel Ernie war der Bruder der Zarin; damit bestätigte Anastasia die Vermutung, dass der Zar 1916 die Alliierten verraten wollte. Das war ein Geheimnis. Nachdem also für alle klarr war, dass Nikolaus II. tot war, hat die Familie Romanow Anastasia der Staatsräson geopfert und als Erben der Krone Großfürst Kyrrill bestimmt ... Er hoffte, eines Tages über Rrussland zu herrschen. Damals wusste man noch nicht, dass die Herrschaft der Bolschewiken so lange dauern würde. Wer konnte das ahnen? Nicht mal sie selbst, die sich so vor dem Vormarsch der Weißen im ganzen Land fürchteten. Nicht mal wir, die wir mit der Hoffnung forrtgingen, eines Tages heimzukehren. Und diejenigen, die heimgekehrt sind, starben in den Gulags oder nahmen sich das Leben ... Hör noch ein bisschen zu ...«

Sie wurde etwas sanfter. Alle ihre Verschwundenen, ihre Märtyrer und vielleicht sogar die Landschaften ihrer Jugend, das alles fiel ihr wieder ein; sie hat etwas nachgelassen in ihrer Strenge, sicher mehr wegen ihnen als wegen mir.

»In Deutschland haben die Romanows Anastasia nach ihrer Aussage über Onkel Ernie für verrückt erklärt und dann im Stich gelassen. Sie war achtzehn, sie war schwanger, sicher von ihrem Wärter. 1920 wusste die ganze Welt, dass man die Tochter des Zaren wiedergefunden hatte, deshalb hat Kyrrills Zweig der Romanows neue Anastasias präsentiert, um die angebliche Hochstaplerin zu entlarven.

Und dann gab es andere, die sich selbst präsentiert haben, wieder und wieder. Es gab mehr als dreißig, ja, mehr als dreißig ... Das ist die Wahrrheit.«

»Aber ... der Keller. Das Foto in *Historia* ...«

»Ich habe dir doch gesagt, dass im Keller nur Doktor Botkin und die Diener erschossen wurden! Wie sollen denn 22 Personen in 24 Quadratmeter passen. Das Zimmer warr zu klein.«

»Und das Feuer? Die verbrannten Körper im Wald der vier Brüder?«

»Das Feuer? Sonja, also wirklich! Das Feuer kann nicht so viele Leichen vernichten! Die Zähne werden nicht vom Feuer zerstört. Das war alles nur, um das Massaker glaubhaft zu machen, damit man nicht mehrr über sie spricht, damit man sie nicht mehrr sucht, damit es keine Gefahr mehr gibt und kein Tauschobjekt. Das ist alles.«

›Das Massaker glaubhaft zu machen, damit man nicht mehr über sie spricht‹? Ich hatte daran geglaubt, an das Massaker, weil sie von nichts anderem sprach, seit ich geboren war. Ich wollte nicht zulassen, dass sie alles mit einer Handbewegung auslöschte.

»Ich dachte, man hätte die Mieder, die sechs Mieder im Brunnen gefunden und den Schmuck, die berühmten Diamanten, du hast mir immer von diesen Diamanten erzählt, von denen die Kugeln der Henker abprallten!«

»Auf diesen Miederrn im Brunnenschacht gab es keine Spuren von Kugeln, und die Diamanten hatten die Diener in den Kissen, den Kopfkissen, versteckt. Das Ganze nennt man ›Inszenierung‹, begreifst du das? Du MUSST es verrstehen. Wir haben nicht mehr viel Zeit.«

Sie hat sich umgedreht: Ein anderes Taxi wartete. Sie hatte auch daran gedacht: Sie hatte die Zeit berechnet, die sie brauchen würde, um die Wahrheit zu sagen und im Auto zum Bahnhof zu fahren, um den Zug um 7.03 Uhr nicht zu verpassen. Sie hat dem Fahrer zugewinkt, um ihm zu zeigen, dass wir da sind, sie ist aufgestanden, und dann hat sie mir mit ihrem blauen Maschenka-Blick tief in die Augen gesehen und ganz langsam, wie man zu einem unvernünftigen Kind spricht, gesagt:

»Nicolas Savitski, 8 Rue Laffitte, Parris. Dorthin wirst du gehen, deine Mutter lebt mit ihm zusammen. Sie hat lange gebraucht, wahrscheinlich war er ihr zu russisch! Egal … jetzt hat sie das alles akzeptiert.«

Und sie hat mich zum Auto geschubst.

»Ich komme nicht mit«, hat sie gesagt, ehe ich noch Zeit hatte, irgendeine Frage zu stellen.

Ich weiß noch, dass ich gehört habe, wie sich die Möwen stritten, ich erinnere mich an genau den Moment, wo der Schrei der Möwen unerträglich wurde.

»Aber … das sagst du mir jetzt? Jetzt, hier, sagst du mir, dass du nicht mitkommst?«

Ich war fassungslos und wütend auf sie, zum ersten Mal. Ich fühlte mich verraten, wegen allem, was sie mir bis dahin verheimlicht hatte, wegen allem, was sie mich hatte glauben lassen, seit ich klein war, und auch, weil sie mich seit ihrer Rückkehr aus der Klinik anlog. Sie hatte nie an den Brief von Melchior-Bonnet geglaubt. Sie hatte mich zwei Zugfahrkarten kaufen, an unsere große historische Reise glauben lassen, und ganz sicher lag kein einziges Kleidungsstück von ihr in ihrem Exilantenkoffer; und jetzt expedierte sie mich zu meiner Mutter, die mit einem Freund der Familie im siebenten Himmel schwebte, sie stieß mich in diese alte Romanze, wie eine Kugel in die Kegel, mein Gott! Warum hieß ich nicht Camille Dubois? Warum gehörte ich zu dieser alten Familie verängstigter, berechnender Emigranten?

»Du lässt mich also im Stich, ja? Du verlässt mich? Ich bin eben nur die Göre, die die Revolution niemals überlebt hätte, ja, bin ich das für dich? Was soll es mir schon ausmachen, ob Anastasia von einem Wärter schwanger war oder in einem Keller in Sibirien gestorben ist? Du sagst, man habe sie der Staatsräson geopfert. Und mich? Wem hast du mich geopfert, mich, die ich meine ganze Kindheit lang bald gestorben bin vor Schiss, ganz genau, gestorben vor Schiss bei dem Gedanken, sie würde wieder auftauchen, und dann davor, dass du an deinen vertrockneten historischen Wahrheiten erstickst? Die gestreifte Tapete und die kaputte Wand, weißt du, wie oft sie in meinen Albträumen erschienen sind, na? Weißt du, was das für mich bedeutet, Russland? Für mich ist Russland nicht Tschechow, Rosen und ... eine Tomate auf der Krim. Es ist der Horror dieser Familie, die man stundenlang massakriert, die verschwindet und dann wiederkehrt, die überall ist, wenn ich ins Bett gehe, wenn ich aufstehe, wenn ich bete, wenn ich träume, und du wusstest es, du wusstest alles und hast mir nie gesagt: ›Das ist ein Märchen, eine Legende, das ist nur eine Geschichte, um den Kindern Angst zu machen‹, nein, du hast mich daran glauben lassen, und ich habe daran geglaubt! Was hast du dir vorgestellt? Dass man dich auch erschießen würde, wenn du auspackst? Du existierst doch überhaupt nicht für sie, es ist vorbei mit Russland, lange vorbei! Deine Kindheit, deine Eltern, deine Babuschka, wer war das? Wo sind sie? Woher kommst du? Ich frage dich jetzt danach, weil es mir jetzt piepegal ist! Jetzt bin ich froh, dass ich wegfahre! Froh, diese Stadt zu verlassen, wo man nicht weiß, ob man ertrinken oder sich von einer Lawine begraben lassen soll. Behalt doch deine alten Nummern von *Historia* und deine Briefentwürfe – wenn du wüsstest, wie schlecht du Französisch schreibst, deine Höflicnkeitsfloskeln, o Gott, er hat sich bestimmt auf die Schenkel geklatscht, dein Melchior-Bonnet, als er dein ›Empfangen Sie die höchsten, ehrerbietigen Bekundungen meiner Freundschaft!‹ gelesen hat, aber er hat sie sowieso nicht mehr gelesen, er hat sie bestimmt in den Papierkorb geworfen, ehe er sie gelesen hatte; weil es ihm so ging wie mir und wie meiner Mutter und wie deinem Mann: Er hatte es satt! Ich habe es satt, verstehst du? Ich habe es satt! Du kannst dir nicht vorstellen, wie satt ich es habe!«

Das Taxi ist abgehauen. Die Möwen stritten sich um einen toten Fisch und flohen zu den Abwässerkanälen, Babuschka hat sich an ihrer Krücke festgehalten und mich erstaunt angesehen, ich fand sie verdammt ruhig, ich nahm so wenig Platz in ihrem Leben ein, dass es nicht mal in meiner Macht stand, ihr wehzutun. Sie hat etwas Zeit verstreichen lassen und gesagt:

»Ich glaube, du hast deinen Zug verrpasst.«

Und dann:

»Ich bin ein eingebildetes und egoistisches Weib. Vielleicht musste man das sein, um ›die Rrevolution zu überleben‹, wie du sagst! Und obendrrein ängstlich, das stimmt, ich bin ängstlich. Stalin. Breschnew. Dass man Angst vor diesen Leuten hat, auch wenn man für sie gar nicht existiert ... das ist ihre Macht, verstehst du? Rrussland ... Babuschka ... Ich habe dir nie von ihr erzählt, das stimmt. Vielleicht, weil mir deine Mutter immer meine Nostalgie vorgehalten hat. Und jetzt musst du gehen, zu ihr oder woandershin, du kommst allein zurecht. Du bist ein Dickkopf. Ich habe Vertrauen.«

Ich habe aufs Meer geschaut, ich habe so weit geschaut wie möglich, der Horizont war ein langer, unwiderruflicher Strich.

»Und du?«

»Ich ... Ich bin müde, schrrecklich müde!«

Und um mir zu zeigen, dass sie es ernst meinte, hat sie sich auf den Koffer gesetzt, die Krücke vor sich wie den Stock eines Dandys. Ich schaute immer noch aufs Meer, auf die Sonne, die hinter dem Horizont hervorkam, ein riesiges, faules Ungeheuer. Babuschka dagegen sah auf das Palais de la Méditerranée gegenüber, das uns bestimmt überleben würde, das uns vergessen würde wie alle anderen, dem wir völlig egal waren.

»Ich habe deine Mutter so lange gequält, bis sie dir einen russischen Namen gegeben hat. Sie wollte dich Madeleine nennen ... oder Camille, ich weiß es nicht mehr. Auf jeden Fall etwas Albernes. Ich habe Sonja vorgeschlagen, weil ich wusste, dass ich Sonjetschka sagen würde, das ist doch schön, oderr? Du kannst dir die Aussprache aussuchen. Ein bisschen Rrussisch, ein bisschen Französisch ... Na los, geh, es gibt bestimmt noch einen anderen Zug nach Parris.«

Ich habe ihr zum letzten Mal beim Aufstehen geholfen. Sie hat sich zum letzten Mal an meine Schulter geklammert. Sie hatte den Koffer etwas eingebeult, darüber mussten wir lachen. Ich habe mir überlegt, dass ich an der Place Masséna einen Überlandbus nach Aix nehmen würde, ich habe mir überlegt, dass ich mir beim Abschied von der Provence ruhig noch etwas Zeit lassen konnte. Ich bin zum Strand hinuntergegangen und habe einen Stein aufgehoben und in die Tasche gesteckt, anstelle meines französisch-russischen Vornamens und meiner jetzt unbekannten Adresse. Ich bin mit dem Mund ganz dicht an Babuschkas Ohr gegangen, sie roch nach französischem Parfum und Seife, ich habe zu ihr gesagt: »Später werde ich Schriftstellerin.« Sie hat genickt. Sie war einverstanden. »Und was du mir gerade erzählt hast, die Wahrheit über Anastasia, das schreibe ich dann auf. Und was wir beide zusammen erlebt haben, schreibe ich auch.« Sie hat wieder genickt, aber diesmal mit geschlossenen Augen, ihre Lippen zitterten ganz leicht; da bin ich gegangen.

Sie ist bald darauf gestorben, in der Rue Rossini 37, in der Nacht vom 24. auf den 25. Oktober 1974, also genau 57 Jahre nach der Revolution, nach dem julianischen Kalender.

Manchmal laufe ich durch die Straßen von Paris, und plötzlich spüre ich einen leichten Schmerz in der Schulter. Dann lächle ich und denke an den dickköpfigen und stolzen Schutzengel, der mich vor allen Gefahren schützt, die ich nicht kenne.

Titel der Originalausgabe: *La Promenade des Russes*
Umschlaggestaltung: Michel Keller, München,
Typografie + Satz: www.frese-werkstatt.de
Druck und Bindung: Clausen und Bosse, Leck

ISBN 978-3-88897-552-3